花田清輝批評集

骨を斬らせて肉を斬る

忘羊社

目次

草創期の産物——『日本抵抗文学選』解説

抵抗という言葉がヒロイックなひびきをもつようになったのは、太平洋戦争がおわってよほどたってからのことで、もしかすると加藤周一の『抵抗の文学』というような本が出て、フランスの芸術家たちの戦争中の抵抗が、花々しく紹介されてからのことではないかとおもう。すくなくとも、戦争中の日本では、抵抗という言葉は、たいへん、不人気であった。たとえばわたしは、太平洋戦争のはじまる直前ある学生とかわした対話の一節をおもいだす。

——それじゃア、花田さん、ちょっとおききしますがね。もし誰かが、げんこをかためて、いきなりなぐりかかったら、あなたはどうします？

——抵抗するよ。

——チェッ、どこまでも消極的にできてるんだなア。抵抗なんかするよりも、機先を制して攻撃したらいいじゃないですか！

といったようなしだいで、うっかり、抵抗などという言葉を口走ろうものなら、さっそく、せせら笑われたものである。防御の最良策は攻撃だというのが当時の常識で、抵抗するよ、などといってすましかえっている私の態度が、元気のいい学生の眼に、いかにも間の抜けたもののようにうつったのは当然のことであった。とにかく、抵抗という言葉には、なんとなくパッシィヴな、うじうじした感じがつきまとっていた。そして、抵抗という言葉よりも、無抵抗という言葉のほうが、ガンジーみたいな人物を連想させるだけでも、まだしもハッキリしていて、評判がよかったような気がする。抵抗という言葉でさえ、そうなのだ。抵抗の文学というようなしろものが、そのころ、どんな眼でみられていたか、いま、ここで、あらためてことわるまでもあるまい。

にもかかわらず、日本の文学者たちは抵抗した。つまり、踏んぎりのつかないやつ、バスにのりおくれたやつ、ウダツのあがらないやつとみられながら、反時代的なペンを走らせていたのだ。その点、フランスの文学者だって、おなじだったにちがいない。いつの日か、わたしもまた、加藤周一にならって日本の「抵抗の文学」についてかいてみたいとおもっているが――しかし、いまは、まだその時期ではない。わたしには、日本の「抵抗の文学」が、太平洋戦争と同時におわったとは、どうしても信じられないのである。それは、いまだに相い次いで、生産されつつあるのではなかろうか。そしてそれらの作品は、いまもなお依然として、今日のジャーナリストの眼には、戦争中と同様、三文の値うちもないもののようにうつっているのではあるまいか。あとになれば、パッと光彩を放つにしても、「抵抗の文学」というやつは、かかれた当座は、ほとんど黙殺される宿命をになっているようだから、やっかいだ。

したがって、わたしのみるところでは、この本に収録されているような作品は、日本の文学者たちが、てんでんばらばら、アナーキーな状態で抵抗していたころのもので、いわば、「抵抗の文学」の草創期の産物だ。わたしとしては、戦争中の十年間に芽ばえた「抵抗の文学」が、戦後の十年間にしだいに生長していった過程を示すことによって、みのりゆたかな収穫をもたらすであろうこれからの十年間の展望を試みるためデータを提供したかったのだが、最初の十年間でうちきらなければならなかったことは、いかにも残念だ。

*佐々木基一・杉浦明平・花田清輝編『日本抵抗文学選』三一書房・一九五五年一一月三〇日刊　原題「解説」

再出発という思想

人間を、その思想的立場によって、分類していいとはおもわない。それはファシズムの考え方である。

——『チャップリン・人と作品』——

チャップリンの思想は、これまでにも、しばしば、問題になった。たとえばアメリカの非米活動委員会はかれをコンミュニストだといって攻撃した。ソ連のアレクサンドル・レイテスという批評家は、かれをヒューマニストだといって非難した。さらにまた、つい最近鶴見俊輔は、かれをアナーキストだといって讃美した。その他、ペシミストだとか、サディストだとか、センチメンタリストだとか、パシフィストだとか——さまざまなレッテルが、チャップリンにたいしてはられた。しかし、チャップリンは、あくまでチャップリン主義者だとわたしはおもう。どのレッテルも、かれの一面をとらえていないことはないが——しかし、かれには、つねにその種のレッテルからはみだすような、なにものかがあるのである。おもうに、これは、かれが、いろいろな思想を自家薬籠中のものにしている大思想家であるからでなく、反対に、大衆の一人としてのみずからの思想を、あますところなく物語ろうとつとめているからであろう。無告の代弁者でありつづけるということ——これがチャップリンのおのれ自身に課した、終生の課題であった。それでは、いったい、かれの思想の独自性とはいかなるものであろうか。しかし、その問題にはいるにさきだって、わたしは、ちょっとあなたに、思想というものの所在について質問してみたいような気がする。たとえばあなたの思想だが、あなたの思想は、そもそもどこにあるのであろうか。どうか自信ありげに、指をあげて、軽く額をたたいたりしないで頂きたい。周知のように、近ごろでは、ヴァイオリン・ケースのなかに、かならずしもヴァイオリンがはいっているとはかぎらないのである。しかもあなたの頭の恰好は、あなた以外の人間のそれと、かくべつ変りばえもつかまつらない。したがって、同じケースに注目するくらいなら、わたしは、あなたの頭よりも、あなたの頭の上にのっかっているあなたの帽子に注目したいとおもう。すくなくともあなたの帽子には、あなたの頭よりも、あなたの思想の片鱗らしいもののひらめきがみとめられるのではなかろうか。

それでおもいだしたが、以前、わたしは、どこかで桑原武夫が、ギリシアの海のなかから、神の彫像がひきあげられたさい、雷電か三叉槍か、神の「持ちもの《アットリビユー》」が失われていたため、ゼウスかポセイドンか、学者たちも決定に苦しんだという例をひき、元来、人間というものは、近代文学者の考えているほど、相互に相違しているものではなく、せいぜい、「持ちもの」のちがい、状況の差くらいのものではあるまいか、といったような意味のことをかいているのをみて、ひどく感心したことがある。これこそチャップリン的な観点だとわたしは考える。こういう観点に立ってながめるなら、わたしがあなたの思想を、あなたの帽子に——そしてチャップリンの思想をかれの有名な山高帽子に求めることは、至極、当然なことであるにちがいない。かれは、かれのくたぶれた山高帽子をぬいで袖で丁寧にほこりをはらう。それから、からっぽの帽子のなかに種も仕掛もないということを、ちゃんとあなたがたに検討してもらったあとで、ゆうゆうと、そのなかから、コンミュニズムやヒューマニズムやアナーキズムや――その他、もろもろの思想をとりだしてみせるのである。もっとも、チャップリンの「持ちもの」は、山高帽子だけではなかった。チャップリンを、チャップリンとしてなりたたせているものには、かれの山高帽子のほかにも、かれの小さな口ヒゲがあり、だぶだぶのズボンがあり、ドタ靴があり、さらにまた、竹のステッキがあった。したがって、それらの「持ちもの」もまた、むろん、かれの思想とは無関係ではない、ということになる。とりわけかれの竹のステッキは注目に値いする。その平凡な竹のステッキは、かれにとって、攻撃の武器であると同時に防御の武器であり、あっという間に他人の足や肩にひっかかったり、いとも無造作に頭上に落ちてくるものをポンポンとはらいのけたり、まるで魔法の杖のような神変不可思議なはたらきをすることによって、かれの思想のなみなみならぬ闘争的な一面を示している。したがって、それは、あるいはチャップリンにとって、山高帽子よりもはるかに重要な「持ちもの」であり、まさにゼウスの雷電やポセイドンの三叉槍に比すべきものであるかもしれない。もっとも、チャップリンの「持ちもの」が時代おくれだというので、そこから、さっそく、かれの思想もまた時代おくれだといったような結論をひきだす人物が、これまでにもまったくなかったわけではない。しかし、道化の「持ちもの」は本来、反時代的なものであり、反時代的なものであるがゆえに、かえって、痛烈に時代を批評することができるのである。むろん、そのほかにも、道化の「持ちもの」を、おのれの思想を表現するための道具ではなく、反対に隠蔽するための道具だと考えているものもまた、いないわけではない。いや、むしろ、そういう道化のほうが、われわれの周囲には多いかもしれない。かれらは、道化の「持ちもの」を身につけるやいなや、すっかり、人生から韜晦したようなつもりになり、なにをいっても本音だとは信じてもらえないかわりに、またなにをいっても構わないのだとおもいこむ。しかし、はたして道化というものは、それほど、うそ寒い浮世の風の吹いてこない安全地帯に住んでいるものであろうか。わたしには、第二次大戦前後にチャップリンが、かれの「持ちもの」をことごとく放棄してしまったのは、主としてそんなあやまったものの見かたに終止符をうつためだったような気がしてならない。

といって、わたしは、そこに、ことあたらしく、チャップリンの再出発をみようとはおもわない。再出発といえば、再出発という思想こそ、かれの全作品をつらぬいている赤いアリアドネの糸ではなかったか。あなたは、数多くのチャップリン映画のラスト・シーンで、われわれの主人公が、われわれに背をむけて、しだいに画面の彼方へと遠ざかっていくすがたをみられたであろう。たしかにあのラスト・シーンはパセティックにちがいない。しかし、もしもあなたが、あのラスト・シーンから、われわれの主人公の孤独と絶望と社会からの落伍とを受けとるとすれば、もはやわたしはあなたを信じない。わたしは、そこに、われわれの主人公の——そしてまた、チャップリン自身の断乎たる再出発の決意をみるのである。たとえばチャップリンの『モダン・タイムス』のラスト・シーンとルネ・クレールの『自由を我等に』のそれとを比較してみられるがいい。どちらの作品においても、主人公たちの前に、たんたんたる道がひらけている点は同じである。しかし、前者においては、例によって例のごとく、主人公とかれの恋びととが、われわれに背をむけて、さびしげに立去っていくのに反し、後者においては、主人公とかれの友だちとが、嬉々としてたわむれながら、どんどんわれわれにむかって近づいてくる。一方には悲愁のいろがただよい、他方には快活な雰囲気がみなぎっている。しかし、決して外観にあざむかれてはならないのだ。チャップリンの作品の主人公たちは、かれらを閉めだした社会にたいしてふたたび挑戦しようと再出発しているのだが——しかし、クレールの作品の主人公たちは、社会から逃避して、かれらの「自由」をたのしんでいるにすぎないのである。わたしは、クレールの思想を、金利生活者の思想だといって、いちがいに排斥しようとはおもわない。しかし、チャップリンの思想が、クレールの思想よりも、はるかに戦闘的であって、未来につながるなにものかをもっているということについては、いま、ここで、あらためてことわるまでもないような気がする。問題は、チャップリンの画面を支配しているペイソスだが——そしてそのペイソスのおかげで、しばしば、チャップリンを、ペシミストだとか、センチメンタリストだとかいって軽蔑するコンミュニストなどもあらわれるようだが——しかし、わたしは、そういう空っ風のように元気のいいコンミュニストに共感するわけにはいかない。たとえ歴史の必然性にたいする揺るぎのない信念をいだいているにせよ、闘争過程において傷つかないものがあるであろうか。わたしは、サドゥールが、『チャップリン』のなかで、ドタバタ喜劇の主人公たちを、「現代のシジフォス」としてとらえ、山のいただきに達した瞬間、せっかく、シジフォスのかつぎあげた岩がかれの手をはなれて、山のふもとにむかって、ごろごろところがり落ちていくように、「ピアニストがピアノをたたきはじめるやいなや、たちまちピアノが、たたくそばから解体しはじめる。ふとっちょの歌手が大げさな身ぶりで、オペラのアリアをうたおうとすると、全然声がでない。下手な強盗が皿や小鉢をぶちこわして、みずから警察官を呼びよせる。さらにまた、酔っぱらいが登場して、梯子やガス燈と勇ましく戦闘を開始する。」——といったような意味のことをかいているのをみて、要するに、チャップリンは、そういった「現代のシジフォス」のすがたを、生涯を賭して、一歩、一歩、深めていったのではなかろうかとおもった。

サドゥールが、ドタバタ喜劇の主人公を、「現代のシジフォス」としてとらえているのはいい。しかし、かれは、シジフォスを、神々に呪われたために――あるいはまた、ブルジョア社会のからくりのために、永久に失敗しつづけるもの、というイメージで受けとっているにすぎない。だが、シジフォスの真の性格は、かれの失敗よりも、かれの再出発に――失敗にもかかわらず、敢えてかれのくりかえす再出発のほうに求められなければならない、とわたしは考える。そこに、チャップリン映画のラスト・シーンの意味がある。そういう観点からながめるなら、チャップリンの思想は、いくらかカミュのそれに似ていないこともない。シジフォスの手をはなれた岩は、山のいただきから山のふもとへむかって砂けむりをたてながらころがり落ちていく。シジフォスは、ふたたびその岩をかつぎあげるために、とぼとぼと山をおりていく。カミュは、『シジフォスの神話』のおわりのほうで、「わたしがシジフォスに関心をもつのはこの下降、この休止のあいだである。疲れきって、かくも石に近づいている顔は、すでに石そのものだ！　わたしは、この人間が、重いけれども規則的なあゆみで、はてしない苦悩にむかって、ふたたびおりていくのをみる。いわば呼吸にも似てその不幸と同じく確実にもどってくるこの時間、これは意識の時間である。かれが、山のいただきを離れ、少しずつ神々の住居のほうへくだっていくこの時、その各瞬間に、かれはその運命にうちかつのだ。かれは、その岩よりも強いのである。」とかいているが、わたしもまた、まったく同感だ。もっとも、こんなことをいうからといって、べつだん、わたしには、チャップリンに、エクジスタンシャリストというあたらしいレッテルを、もう一つ、はりつけるつもりなどさらさらない。レッテルなど、どうでもいいのだ。わたしは、あなたに、チャップリン映画のラスト・シーンに——かれの再出発の思想に、注目して頂きたいとおもっているだけのことである。そして、これは、一つには、わたしが、戦争中、文化再出発の会というのをやっていたところからもきている。なんとわたしもまた、チャップリン映画の主人公と同様、無数の失敗を経験しなければならなかったことであろう！　それは、まさしくサドゥールのかいているような、喜劇的な——あまりにも喜劇的な失敗にちがいなかった。そして会の名前など、最初は、いいかげんの気持でつけたのだが、そのような失敗の連続のなかで、しだいにわたしは、再出発ということの重要さに気づきはじめたのである。それかあらぬか、チャップリン映画のラスト・シーンに、ルンペン・プロレタリアの没落をみるような連中は、わたしには、ことごとく、戦争中協力していたとしかおもえない。むろん、それらのラスト・シーンのなかにも例外はある。たとえば『殺人狂時代』では、われわれの主人公は、いつものようにわれわれに背をむけて、画面の彼方へとあるいていくが——しかし、かれを待ちうけているのは、死刑台以外のなにものでもない。さらにまた、『ライム・ライト』では、われわれの主人公の死と、その死も知らずに踊りつづけている女主人公のすがたでおわっている。しかし、そこでもやはりチャップリンは、われわれが、ふりだしにもどって、あらためて第一歩を踏みだすことを、つよく要望しているような感じがわたしにはする。つぎの世代にむかって、シジフォスの粘りづよい闘争を期待しているようにわたしにはみえる。

ラスト・シーンに次いで、わたしの記憶の底からよみがえってくるのは、『黄金狂時代』のなかの飢餓のシーンだ。金鉱を探がしにいったわれわれの主人公と、かれの友人とは、山小屋のなかで、嵐のために孤立してしまう。食糧がなくなる。かれが靴を煮てたべたり、ローソクをたべたりするところも面白い。しかし、なにより驚嘆すべき場面は、餓死しそうになったかれの友人の眼に、われわれの主人公のすがたが、ニワトリにみえてくるところである。人間の大きさをしたグロテスクなニワトリが、ときどき、羽根をばたつかせながら、かれの友人のまわりを、ヨチヨチとあるきまわる。それはかぎりなく滑稽であると同時に、かぎりなく悲惨な場面であった。チャップリンは、ショペンハウエルやニイチェやクロポトキンやマルクスを読んだかもしれない。しかし、わたしにはかれの思想の形成に大いにあずかって力のあったものは、右の一場面によってもあきらかなように、それらの書物よりも、むしろ孤立無援の状態におけるかれの少年時代の飢餓の経験だったような気がしてならない。むろん、第二次大戦を通過してきたわれわれは、友人のすがたがニワトリにみえるというところまではいかなかったにしても、多かれ少かれ、飢餓を経験した。しかし、われわれは忘れっぽい。わたしは、チャップリンが、生涯にわたって、かれの飢餓の記憶をなまなましく保存し、そこから絶えずみごとな教訓をひきだす態度に脱帽しないではいられない。いや、単にそればかりではない。『黄金狂時代』の飢餓の場面は、『キッド』における夢の場面などと共に、われわれの潜在意識をとらえて大胆不敵に形象化してみせた先駆的な例であり、チャップリンのアヴァンギャルド芸術家としての一面を、あざやかに示しているといえよう。あの不恰好なニワトリのイメージには、ブルトンのいわゆる「黒いユーモア」が集中的に表現されており、地上すれすれのところを飛んでいく『キッド』の主人公とかれの被保護者である子供のイメージとは、ぜったいに空高く天翔けることのない庶民の魂の秘密を物語ってあますところがない。チャップリンはなにものにもましてリアリティを尊重するとはいえ、いささかもリアリズムなどに拘泥するような人物ではなかった。それにもかかわらず――いや、かえって、それゆえにこそ、かれの作品は、子供の心さえ、はげしく揺すぶることができるのである。その間の消息については、ソ連あたりでも、もっと突っ込んだ研究がなされなければならないとおもう。たとえばこの一文の冒頭でふれたレイテスのように、『モダン・タイムス』の主人公が、偶然、街頭に落ちていた赤旗をひろいあげたため、デモの先頭に立たされるというくだりに、チャップリン自身のすんだ政治的センスとおくれた芸術的センスとのズレを発見してみたり、『殺人狂時代』に否定的人間像はあるが、理想的人間像はないといっていきまいてみたりするような素朴さではおはなしにならない。レイテスにくらべると、チャップリンを、ノーマン・メイラーの小説『鹿の園』に登場する映画監督チャーリー・アイテルにじつによく似ている、といっている鶴見俊輔のほうが、まだしもマシなような気がするが――しかし正直なところ、わたしには、同じチャーリーであるにしても、アイテルからチャップリンを連想することはできなかった。それは、かならずしもアイテルが、神々に屈伏したシジフォスであるためばかりではないのだ。はたしてチャップリンは、アイテルのように、無為無策の好人物であろうか。

たとえば『鹿の園』の最後で、アイテルは、芸術家の誇をもって現存するいっさいの権力の壁にむかって、あなたは、あなたの挑戦の小さいトランペットを吹き鳴らさなければならない、といったような意味の感傷的なセリフをつぶやくが――おもうに、これほど、チャップリンの思想から遠いものはない。こういった急進的な芸術至上主義者ほど、政治家のサディズムを満足させるのに恰好な餌食はない。そこへいくと、チャップリンの抵抗は、老獪をきわめている。『殺人狂時代』の戦争屋にたいする猛烈なプロテストが弾圧されるやいなや、さっそく、かれは、搦め手にまわって、『ライム・ライト』をつくるのだ。時は一九一四年、当時、喜劇王と称せられていたカルヴェロが、人気をうしなって尾羽打枯らすはなし、とくるのだから皮肉である。みたところ、グッド・オールド・デイズへのノスタルジアにつらぬかれた人情ばなしにすぎないが――しかし、これは、ただの人情ばなしではない。てっとうてつび、ストーリーは、カルヴェロに――したがってまた、素顔のまま、カルヴェロに扮しているチャップリンに、観客の同情があつまるようにつくられており、かつての喜劇王が、芸術家としての誇りなどかなぐりすてて、大道のヴァイオリンひきになり、きわめて淡々たる心境で、かれの全盛時代を知っている連中から、零細なほどこしを受けているシーンなども、ちゃんと抜け目なく挿入されているのだ。つまり、一言にしていえば、そこでチャップリンは、アイテルのように、権力者にたいして挑戦のトランペットを吹き鳴らすような愚かな真似をせず、これでもか、これでもかといった調子で、ヴァイオリンをかきならしながら、おのれの不当な運命を、大衆の心情にむかって訴えているのである。その結果、チャップリンへの共感が、ただちにかれを迫害したものへの反感に転化することはいうまでもない。わたしは、『ライム・ライト』のセンチメンタリズムの背後に、底意地の悪いチャップリンの眼のひかっているのをみとめないわけにはいかなかった。おそらく支配階級にとって、このくらいイヤな相手はあるまい。アメリカという国は、ルツボのようなものであって、そのなかに投げこまれた種々雑多な外国人を、いつの間にか、手ぎわよく規格にはまったアメリカの市民に変えてしまうというような伝説がいっぱんに信じられており、げんにサルトルなども、かれのアメリカ旅行記のなかで、向うで溶解過程にある一フランス人に会い、オウィディウスの『変形譚』をまのあたりにみるような奇異なおもいをした、とまことしやかに報告している。しかし、はたしてそうか。チャップリンは、一九一〇年以来、アメリカのルツボのなかに投げこまれていたにもかかわらず、ついに最後まで溶解しなかったではないか。われわれは、この現代のシジフォスから、柔軟屈撓性にとむ水ぎわだった抵抗の方法を学ぶべきであろう。

＊『総合』一九五七年六月号初出、『大衆のエネルギー』（講談社・一九五七年一二月一〇日刊）に収録

手れん手くだ——政治の毒、文学の毒

戦争中、文学者の多くは、それぞれ、みずからの文学をまもるために、政治的であろうとつとめた。最初は、毒をもって毒を制するつもりだったのだろうが、もともと政治的センスのないかれらは、さっそく、政治の毒にあてられて、七転八倒しはじめた。アウエルバッハの地下室の歌のなかに出てくる毒をもられた鼠のように。

…………

昼の日なかによろよろと
台所まで駆けて出て
へっついの隅にぶっつかり
びくつき倒れて虫の息
おさんはみつけてふきだした
おききよ、笛の吹きじまい
胸に恋でもあるように

といったところだ。いや、むろん、わたしには、かれらを嘲笑するつもりなんか、さらさらない。『現代評論』(2)で奥野健男は、中学時代、ちゃきちゃきの皇国文学者とおもっていた窪川鶴次郎と、戦後、戦犯追求の旗頭として突如あらわれたクボカワ・ツルジローとが同一人物であろうとは! などといってるが、要するに、窪川は正直者にすぎない。正直者が手れん手くだをつかおうとするからそんなことになるのだ。

そこへゆくと、わたしにしろ、中野秀人にしろ、さばさばしたものだった。わたしたちにとって大事だとおもわれたものは、文学ではなく、政治だった。したがって、わたしたちは、いっぱんの文学者とは逆に、どこまでも文学的であろうとつとめた。これなら生地まるだしでいけばいいのだから、政治的センスなんかなくても、いっこう、困らない。

わたしは、中野秀人と一緒に、中野正剛に会いにいった。正剛は秀人の兄貴である。まったく政治的な色彩のない文学運動をやることが、じつは、たいへん、政治的な意味をもつご時勢だというわたしの説明を、中野正剛は、なかなか、納得しなかったけれども、結局、援助しようといった。わたしは、かれのことをおもいだすたびに、『宝島』のシルヴァーを連想する。それはかならずしも二人とも一本脚だったためばかりではない。うまれながらの政治家という点で似ているのだ。

わたしたちが帰ろうとすると、かれは「秀人、ちょっと待て」といった。わたしが一人で門のそとに突っ立ってると、間もなく中野秀人が出てきたので、「なんか用事があったの」ときくと、「うん、きみのことを、あいつは共産主義者だが、それでもお前は一緒にやるか、ときいたから、むろん、一緒にやるといったよ」と答えた。光栄の至りである。

そこでわたしたちは、東方会の事務所の一室を借りうけて、「文化再出発の会」の看板をかかげた。「文化再出発の会」という名前は中野秀人がつけたが、なんとなく間が抜けていて面白いとおもった。マニフェストもかれがかいたが、それはつぎのようなものだった。

…………

この会合は政治運動及び政治運動の一部分を目標とするものではありません。むしろ白紙にかえって、民族の生活の根底たるべき文化を批判検討し、そこからあらゆる運動への、時代の動向への関連をもたせたいと思うのであります。ここでは、文化は自主的であり、科学的追及に堪えるものであり、それだけを対象としても、それだけを切離しても、なおかつ当面の重大問題たるべき種類のものでなくてはなりません。

わが国の文学及び芸術が、その社会性において欠くるところがあったとの非難は、自他共に許すところのもので、そうした過去が連綿として続いてきたのであります。そして幾多の新しい運動は、その未熟さにおいて蹉跌し、生活の推進力となるだけの伝統をつくらなかったのであります。そして、今日、文学及び芸術、広汎な意味での文化全体を、他動的に、人為的に左右するということは当を得ないのであります。そして、それは不可能なことであり、実績のあがるものでもありません。だが、それはそのままではあり得ないもの、停止を許されないものであります。文化再出発の企ては、実に生活の真髄において、何か明朗ならざるもの、希望を阻止するもの、そうしたものを爆撃し、東亜の有機的未来に向って、共同の知嚢をしぼらんとするものであります。文化再出発は、マネキン主義、機械主義から、東亜を絶縁する意味においてその使命をあらゆる運動中の運動たらしめたいと思います。

……………

部屋も会の名もマニフェストもできたが、同志が二人では、やはり、さびしすぎる。そこで文学者たちを招待して、日比谷の山水楼で花々しく発会式をやることにした。料理店のツケは中野正剛にまわせばいいというので、ずいぶん、景気よく大勢のひとを招待したようだったが、なんというバカな真似をしたものだろう。

文学者たちの大部分は、東方会で文化運動をはじめるのかとおもって、たくさん、やってきたが、わたしたちが、やたらに芸術至上主義ばかり強調するものだから、なんとなく狐につままれたような顔つきをしていた。そうして、こちらが芸術、芸術といえばいうほど、ますます、うっかりしてると、政治的に利用されるぞ、と警戒しているようだった。なにもそうビクビクすることはないじゃないか。いまでもそうだが、日本の政治家たちは、うわべはとにかく、文学者などに、たいして利用価値をみとめてはいないのだ。

発会式のあと間もなく、昭和十四年十二月から、会の機関誌『文化組織』が出はじめた。創刊号の主な内容は、つぎのようなものだった。

政治から芸術へ　中野秀人
窪川鶴次郎論　中谷　博
夢の戦場　岡本　潤
荊冠詩人　吉田一穂

歴史の一頁　原田　勇
赤ずきん　花田清輝

……………

その後、約一年くらい、東方会の一室で、文化再出発の会のインディアン・サンマーはつづいたような気がする。わたしと中野秀人とは、東方会のホールで、かわるがわる講座をひらいたりした。そうして、会員もしだいにふえていった。創刊号の執筆者のほかに、小野十三郎、秋山清、堀田昇一、松田解子、田木繁、竹田敏行、関根弘、村松正俊、水野明善、赤木健介等々も参加した。

しかし、ここで、ちょっとことわっておかなければならないが、……いや、じつをいうと、なるべくことわったりしたくはないのだが、どうもこの事実をふせておくと、まるでアンデルセンの自伝みたいに、万事が綺麗事になってしまう。中野正剛だって、なにもわたしたちに利用されっぱなしでいたわけではない。その間、わたし自身は、東方会の機関誌『東大陸』の事実上の編集長をかね、ささやかながら反対給付を試みていたのだ。むろん、わたしの名前は雑誌にも会員名簿にものっていなかった。したがって、戦争中、東方会員が検挙されたときにもなんの音沙汰もなかったし、戦後、戦犯として追放されもしなかった。しかし、わたしが、一時、『東大陸』の編集責任者だったことは、まぎれもない事実なのだ。もっとも、わたしの編集方針は、しごく簡単だった。ブルジョア・デモクラシーの課題をとりあげ、毎号、特集をつづけていったにすぎない。『文芸世紀』の匿名欄なんかで、まったく売らんかなの編集であり、中野のために惜しむ、とかなんとかいって躍起になっていたが、文学者などになにがわかるか、というわけで、べつだん、歯牙にもかけなかった。

だが中野正剛が大政翼賛会にはいることになったので、わたしは、もはや『東大陸』の編集などしていることはできなかった。野党的性格をうしなった東方会など、どこにも存在理由はありはしない。そこで文化再出発の会の事務所を中野秀人の家へ移し、会合は、よく神楽坂にあったなんとかいう喫茶店でやった。金をつくり、原稿をかき、校正をやり、……それ以来、昭和十八年の半ば、『文化組織』がつぶされてしまうまで、文字どおり、わたしたちは、シジフォスの労働に従事した。雑誌の金をつくるために、単行本の出版もやったが、その書名は、つぎのようなものだ。

……………

自明の理	花田清輝
夜の機関車	岡本　潤
中野秀人散文自選集	
意　慾	赤木健介
釣狂記	田木　繁
風　祭	足立　重
中野秀人画文集	

……………

右のうち、『意慾』は、いささか文学をまもるために政治的であろうとつとめすぎてるようだが、その他は、だいたい、マニフェストの精神に即している。もっとも、最後の本は金をかけたわりに売れなかったので、中野秀人とわたしは、冠婚葬祭のさいには、かならず本をかついでいった。そこで誰か知り合いに買ってもらおうというわけだ。ある葬式で、中野正剛に偶然出会ったが、かれは立ち上がって、常識円満だった故人の徳をたたえたのち、丁度、かれの真正面に、風呂敷包みをかかえて座ってるわたしと中野秀人をぐっとにらみつけ「常識のないやつは、かならず」失敗するとにくにくしげにつぶやいた。

＊日本プロレタリア文学大系8『転向と抵抗の時代——中日戦争から敗戦まで』月報　三一書房・一九五五年二月二八日刊

思い出——花田清輝

わたしたちは、いま、歴史の曲り角に突っ立っているような気がする。曲り角。ターニング・ポイント。クノーテン・プンクト。佐多稲子風にいうならば、そこをまがって、つきあたって、それから、わたしたちは、一気に飛躍しなければならないのである。

「中共ブーム」というようなことがいわれ、今後、中国と日本との関係がますます緊密になろうとしている現在、両国の関係が決定的に断絶した過去の一時期を回想するのは、いささか皮肉な感じがしないこともない。そうだ。真の意味の「戦後」が、これからはじまるのだ。歯にキヌをきせぬ失礼をおかすことになるかもしれないが、敗戦以来、今日にいたる十年間は、つまるところ、米英に隷属していた戦前の状態を、そっくりそのまま再現しようとする支配階級のむなしい工作にあけくれていたにすぎず、その間にから騒ぎをしていた諸君は、すっかり、敵の術中におちいっていたともいえるのだ。なにが「解放」だ！　なにが「デモクラシー」だ！　なにが「平和革命」だ！

しかし、ついに転機がきたのだ。むろん、歴史は、これからもジグザグのコースをたどりながら進行していくであろうが、一九三〇年代とは逆に、これからの十年間に、日本のファッショ勢力は、一歩、一歩、後退していくにちがいない。転向者続出。それが、ことごとく、ファシストのコンミュニストへの転向だというのだから愉快である。——などといって、ひとりでニコニコしていたりすると、おそらくヤンガー・ゼネレーションは、わたしを途方もない甘ちゃんだとおもうだろう。いかにもごもっとも。わたしの予言は適中するにきまっているが、だからといって、いっこう、自慢する値うちはない。戦争中、東亜協同体論などをかつぎまわっている連中に、帝国主義戦争を合理化するのはよしたまえ、というと、かれらは、きまって答えたものだ。どうせ戦後は、中国はむろんのこと、アジアはすべてソヴェトになってしまうのだ、と。わたしは、かれらをいい気なもんだとおもって、どんなに軽蔑したことだろう。大切なのは、結果ではなく、そこにいたるまでの道程ではないか。いや、わたしは、べつだん、いま、歴史的必然の上にあぐらをかいて、安心しきっているわけではないのだ。

ところで昭和十二年の思い出の一件だが、どうも思い出というやつは苦手である。ケストナーによれば、思い出とは、ひっぱたかれた犬のようなものであって、その首根っ子をギュッとおさえつけるためには、あんまり急にうごいたり、なにか話しかけたり、さすってやろうとおもったりするのは禁物で、さりげない様子をつくって笑いかけ、相い手が安心して身をすりつけてくるのを待っているのが大切だという。しかも犬のばあいは首根っ子をつかまえてしまえば、とにかく、犬一頭——前足から、鼻づらから、しっぽから、全部こちらのものになってしまうが、思い出のほうは、そう簡単ではなく、たとえ首根っ子をおさえつけても、それは最初の月賦をはらったようなものであって、首根っ子のつぎには、左の前足、つぎに右の前足、つぎにしっぽ——といったぐあいに、一つずつこちらのものにしていかねばならず、やれ、やれ、これで全部そろったと安心していると、かならずどこからか、耳たぶなんかが、もう一つ、サッととびこんでくるものだという。しかし、眼前咫尺のことに心をうばわれているわたしには、とうてい、そんな悠長な真似はできない。

つまり、事実の断片はおもいうかべることができるが、その事実のまわりにもやもやとつきまとっていた気分のほうは、なかなか、おいそれとつかまえるわけにはいかない。そこでわたしは、石川淳の『普賢』のなかに、かなり正確に昭和十年前後の気分がとらえられていたような気がしたので、さっき大急ぎで読みかえしてみたのだが、それはその小説の主人公の境遇が、当時のわたしのそれと似ていたところからおこったわたしの錯覚で、わたしは、あの主人公とはまったく似ても似つかぬ気分の持主だった。しかし、こんな風に拘泥していたのではキリがない。わたしは、手あたりしだいにつかまえた、わたしの思い出の耳たぶか、せいぜい、しっぽを示すほかあるまい。そうだ。しっぽがいいだろう。しっぽは、みんな隠したがっているようだから。

そのころ、わたしは、『普賢』の主人公と同様、糊口の資に窮すると、しばしば、インフレ論だとか、リンク制論だとかいうような経済論をでっちあげて、進藤一馬の編集する雑誌『東大陸』に売りにいった。この『東大陸』というのは、一応、三宅雪嶺の雑誌ということになっていたが、じつは東方会の機関誌で、中野正剛の雑誌といってよかった。中野正剛は戦争中、東条英機と対立して獄にいれられ自殺してしまったので、いまではレジスタントの一人として記憶されているが、ことわるまでもなく、日本のファシズムの指おりの指導者で、当時、東方会は、組織右翼として、八方にのびひろがろうとしているときだった。したがって、東大陸社にはたえず農民組合や労働組合の連中が出入りしており、わたしなど、かくべつ、目立つような存在ではなかったのだが、事志に反して、わたしが、多少、人びとの注意をひくにいたったのは、いつもわたしの頭の上にベレ帽がのっかっていたからだろう。ある日、由谷（？）というストコフスキーみたいな風貌をした代議士が、わたしにむかって、こう忠告した。

——ねえ、花田くん、ものは相談だが、きみの帽子をやめてもらえんかね。そいつは少々異彩をはなちすぎるよ。中野先生も、きっとお嫌いだろうとおもう。第一、その帽子は、芸術家のかぶるものじゃないかね？

——わたしは、本来、芸術家ですよ。文学者です。

——いや、しかし、そいつは絵かきのかぶる帽子じゃないのかなァ。服装なんかで無用の摩擦をおこさんほうがいいですよ。

——そうですか。それじゃ、東方会のユニフォームでもできたら、一着いただきたいですねえ、とわたしは答えた。『普賢』の主人公だったら、恥辱である、とかなんとかいって立腹するところである。評論で文句をつけられるというのならまだ話がわかるが、帽子で警戒されるとはなんたることであるか！

しかし、帽子なんかで無用の摩擦をおこさないほうがいい、という忠告には、たしかにきくべきものがあるとおもった。そこでわたしは、片山敏彦や原田勇なんかのやっていた『世代』という雑誌に、『帽子について』という小説をかき、それ以来、永久にベレ帽に訣別してしまった。（その小説は、その後『悲劇について』と改題して、わたしの『錯乱の論理』のなかにはいっている。）のみならず、東方会のユニフォームができたときには、ありがたく頂戴して、どこへ出かけるばあいにも、そいつを着ることにした。縕袍《うんぽう》を着て恥じざるものは、それ子路か、という意気ごみである。

そうだ。そのユニフォームについては、もう一つ思い出がある。ある日、東大陸社へ行くと、今夜、先生が文士連に会うことになっているので、いま、大急ぎで、こちら側の文化人をかき集めているところだが、きみも出てくれと編集者の関山茂太郎がいう。

文士連て、どういうやつがくるの？　ときくと、

——倉田百三、佐藤春夫、尾崎士郎、林房雄、大木惇夫なんかだが、支那料理をご馳走するから、きみも出たまえよ、という。正直なところ、わたしは、あんまり気がすすまなかった。しかし、支那料理には魅力がないこともなかった。そこでなんにもしゃべらないでもいいという条件で出席することにした。たしか虎の門の晩翠軒だったとおもうが、その夜の会合で、どんな話がとりかわされたか、いまはもうほとんど忘れてしまった。佐藤春夫など、わたしと同様、黙々として料理ばかりたべていたような気がする。ただ一つ、いまもあざやかに記憶にのこっているのは、林房雄が、血色のいい顔をほてらせて、

——ユニフォームはおよしなさい。ナチスのまねはおよしなさい。形ばかりできていても、魂がはいっていなければ、なんにもならんじゃないですか！

と猛然と中野正剛にたいしてくってかかった言葉だけだ。いや、それればかりではなく、かれは、東方会側の出席者の一人、杉森孝次郎の英国と手をきれという主張をとりあげ、それでは米国とは、どうするのだと反問し、米国とは、まあ、まあ、いままでどおりで、という答をきくやいなや、

——そんなことだからダメだというんだ！

と大喝し、あたるべからざる勢いを示した。しかし、いまだにおもいだすたびにおかしくてならな

いのは、会合がおわって、まっさきに出てくるかれのほうに、食卓をはなれたわたしが、偶然、二、三歩、近寄ると、不意に、かれが、蛇にみいられた蛙のように、じっと立ちすくんでしまったことだ。どうやらかれは、ユニフォームを着ているわたしを、かれの無礼な態度に業を煮やした突撃隊員の一人だとおもいこんでいたらしいのである。

*『文学』一九五五年二月号初出、原題「制服の芸術家」、『乱世をいかに生きるか』(山内書店・一九五七年一月一〇日刊)に収録

太刀先の見切り

首が飛んでも動いてみせるわ、というのが、これまで私の筆をとるときの意気込みであり、全身全霊をあげて相手にぶっつかっていき、死中に活をみいだす以外に、兵法の――或いは芸術の道はないと信じていたが、過日、駄文のために襲撃をうけ、首が飛ぶどころか、二つ三つなぐられるとともに、たちまち地上に長々と伸びて動かなくなってしまい、こんな筈ではなかったと呟いてみても、もはや後の祭だ。私の信念は、砂上の楼閣のように、跡形もなく崩れてしまった。思えば、ベーベルに排斥されそうな男の、やけっぱちになって喚きたてた言葉を、そのまま真にうけていたのは不覚であった。申すまでもなく、冒頭に掲げた文句は、『四谷怪談』の主人公民谷伊右衛門の白《せりふ》である。むろん首が飛んでも動くことはできるであろう。現に中国の伝説にもあるように、眉間尺の首は、煮えたぎる釜のなかにあって、歯がみをしながら、猛然と仇敵の首にむかって躍りかかる。しかし、すでに事実が示したように、いまの私の精神と肉体とは、それほどぴったりと呼吸があってはいないらしい。要するに、未熟なのだ。死中に活をみいだす以前に、まず私などは、見事に死にきってしまう工夫を凝すべきではあるまいか。そういう気がする。山本常朝の言葉ではないが、武士道というは死ぬこととみつけたりだ。

さて、右のような目下の私の心境で、小林秀雄の評論を読み返してみると、とうてい、及びがたいという感じをうける。それは何も最近のかれの文章に、『葉隠』の一節が、なまなましい実感をもって解明されているからではない。昔から、かれは達人が好きであったが、とうとう、いまでは、かれ自身もまた、達人のひとりになってしまったのではないかと思われるからだ。この頃のかれの表現は初期の佶屈さを失い、一見、すこぶる平凡になってきたが、この平凡が、ただの平凡ではない。相いも変らず不敵であり、毅然としており、おそらく私の心が動揺しているためであろうが、絶えず濛々たる殺気が、行間に漂っているかのようだ。相手は達人だ。もはや理屈をいってもはじまらない。周知のように、小林の繰返し説くところによれば、達人とは、理屈などに眩惑されず、自らの肉眼をもって、あるがままの対象のすがたを、適確にとらえることのできる人物を意味する。理屈をふりかざして斬りかかってくる小林の論敵が、今日まで、ことごとく敗亡してしまったのに不思議はない。こちらは相手の理屈ではなく、理屈をあやつっている相手の肉体を、つねに一刀両断にしようと狙っているのだ。こういう小林の試合ぶりが、皮を斬らせて肉を斬れ、肉を斬らせて骨を斬れ、骨を斬らせて髄を斬れ、という柳生流の極意にかなっていることはいうまでもない。理屈だけみえている連中には、這般の消息はわからず、小林のように、剣法の所謂間合を——切先と肉体との間の距離を、一寸二寸のところまで読み得るようになった人物だけが、その極意のいかなるものであるかを、真に了解しているのである。宮本武蔵は、この間合を読むことを、太刀先の見切りと称し、真剣勝負において、最も大切なものであると教えている。理屈よりも肉体を狙う戦術のため、脆くも打倒されてしまった私が、いまここで武道の講釈をするのは、いささか滑稽な気がするでもあろうが、一敗地にまみれたればこそ、小林の腕の冴えが、私には、身にしみてよくわかるのである。

小林秀雄は達人であった。すくなくとも達人のように振舞ってきた。一度も批評をしたことがない。ただ、かれは芸術の神妙を語ってきただけだ。おそらく『一つの脳髄』や『女とポンキン』を書いていた時代には、かれもまた、批評家であったであろうが、奇妙なことに、批評家として登場するや否や、すでにかれはかれ自身が、批評家として失格していることを知っていた。何ものかが、かれの心のなかで、無惨にも断ちきられた。ツァラツウストラは山をくだって、大衆のなかに行かなければならない。卑俗化すること、……これが、かれの熱烈な念願となった。しかるに、かれが通俗的に語ろうと努力すればするほど、人びとは、かれを難解だとか高踏的だとかいって非難した。理屈をいうまいと思って必死になっているのに、多寡がお前の理屈はブルジョア唯物論じゃないか、と軽蔑するものさえあった。山巓の空気は、あまりにも冷たかったが、下界の空気は、また、あまりにも蒸暑かった。しかし、かれはついにその蒸暑い空気にも馴れた。つまり、達人になったのである。私は、ピトエフの扮した『外人部隊』の兵士を思いだす。角刈の頭、落ちくぼんだ大きな眼、かなしげな微笑――なるほど、その微笑には陰影がないことはないが、これといって目だつところもない、俗物らしい風貌のただの兵士だ。かれは、黙々と銃をかついで行軍し、酒をのみ、たのしげに踊子に拍手する。控え目で、平凡で若干軽薄でさえありながら――それにも拘らず、いや、むしろ、それ故にこそ、かれのあたえる印象は、沈痛だ。死がかれを呼ぶとき、かれは決然と死にむかって歩きだす。後に残されたものは、袋に詰められたロシアの土だけだ。数奇をきわめたであろうかれの半生については、誰ひとり知らない。小林は自己を語ったというのか。断じてかれは語りはしない。かれが自己を語ったとすれば、それは達人としてであり、批評家としてではない。批評家としてのかれの生涯は、たぶん、闇から闇に葬られて行くのにちがいない。申すまでもなく、私は、批評家というものを、厖大な理論の背後に、かがやいている眸をみいだすような人物ではなく、眸のひらめきにさえ厖大な理論を夢みるような人物だと考えているわけだが、そういう批評家は、所詮、この世では余計者にすぎないであろうか。

小林秀雄の肉眼説にしても、これを理論として受けとるなら、単に結論にすぎず、精神の眼に奉仕する過程を、逆に序論にむかって精細に展開すべきであろう。達人は結論だけを示せばいいであろうが、批評家はそうはいかない。私はシュペングラーの『西欧の没落』を連想する。かれは精神の眼を克服する過程を、批評家として——徹頭徹尾、批評家として、あくまで緻密に描きだしている。小林は『オリムピア』という文章のなかで、砲丸投げの選手について語りながら、「併し、考えてみると、僕等が投げるものは鉄の丸《たま》だとか槍だとかに限らない。思想でも知識でも鉄の丸の様に投げねばならぬ。そして、それには首根っこに擦りつけて呼吸を計る必要があるだろう。単なる比喩ではない。かくかくと定義され、かくかくと概念化され、厳密に理論付けられた、思想や知識は、僕等の悟性にとっては実に便利な満足すべきものだろうが、僕等の肉体にとってはまさに鉄の丸だ。鉄の丸の様に硬く冷く重く、肉体は、これをどう扱おうかと悶えるだろう、若し本物の選手の肉体ならば。」と、いかにも思想や知識を手玉にとって過してきた達人らしい感想を洩している。シュペングラーなどにしても、かれにとっては、一応、重味を計った上で、たちまち投げだされてしまう代物にすぎまい。達人の言葉としてみれば、これはまことに立派な言葉だが——しかし、批評家の言葉としては如何なものか。

もしも件の本物の選手が批評家であるなら、かれの肉体は、硬く冷く重い鉄の丸を投げるために取りあげ、首根っこに擦りつけて呼吸を計ったりすることはあるまい。肉体は、これをどう扱おうかというので、悶えるようなことはあるまい。肉体の苦痛は、もっともっと、激烈なものであるに相違ない。何故というのに、批評家の肉体は、この鉄の丸を生みださなければならないからだ。奇蹟は、屢〻、おこる。人間の肉体は、よろこんでこの苦痛に堪えるであろう。たとえばさきに触れた眉間尺の伝説は、或時王妃が鉄柱を抱いてはらみ、純青透明な一塊の鉄の丸を生み落すことからはじまる。鉄の丸からは剣がつくられ、剣は人手から人手にわたり、やがて命賭けの闘争の道具となる。知識や思想の運命とは、そういうものだ。批評家の役割とは、そういうものだ。

とうてい、かなわないなどといって置きながら、なんだか最後にのぞみ、達人にハッタリをかけるような仕儀になって大へん恐縮だが、これはなにも私が、不意に強気になったからではなく、スポーツが大嫌いだからであり――したがって、『オリムピア』の引例が、いまいましくてたまらないからにほかならない。どうもスポーツというやつには、日本的な敢闘精神が不足しているようだ。右の映画のなかのフェンシングの場面を思いだしてみたまえ。刀を片手にとり、身をひけるだけひいているあの構えは、あくまで自分の身をまもりながら、最も多く相手を傷つけようとする、米英的な防御精神のあらわれではないか。柳生流の極意からは遠い。しかし、柳生流の極意は未熟な私には、なかなか一朝一夕では会得しがたく、いまのところ、私は、我流ではあるが、肉を斬らせて皮を斬り、骨を斬らせて肉を斬り、髄を斬らせて骨を斬るつもりである。これもまた、日本的でないことはあるまい。

＊『現代文学』一九四四年一月号初出、原題「小林秀雄」、『さちゅこりん』（未来社・一九五六年三月一五日刊）に収録

『復興期の精神』初版跋

戦争中、私は少々しゃれた仕事をしてみたいと思った。そこで率直な良心派のなかにまじって、たくみにレトリックを使いながら、この一連のエッセイを書いた。良心派は捕縛されたが、私は完全に無視された。いまとなっては、殉教者面ができないのが残念でたまらない。思うに、いささかたくみにレトリックを使いすぎたのである。一度、ソフォクレスについて訊問されたことがあったが、日本の警察官は、ギリシア悲劇についてはたいして興味がないらしかった。

スピノザを読み、ブリダンの驢馬の矛盾を発見したとき、私は狂喜したが、最近、ショペンハウエルの『倫理の二つの根本問題』のなかに、ちゃんとそのことが指摘してあるのを知って悲観した。どのエッセイも、すべて手製なので、相当のオリジナリティーがあるような気がしていたが、若干、懐疑的になった。もっとも、各エッセイは、それぞれ、一応、独立してはいるが、互いにもつれあい、からみあって、ひとつの主題の展開に役立っているにすぎない。あんまりこだわらないことにしよう。

その主題というのは、ひと口にいえば、転形期にいかに生きるか、ということだ。したがって、ここではルネッサンスについて語られてはいるが、私の眼は、つねに二十世紀の現実に——そうして、今日の日本の現実にそそがれていた。そのような生まなましい現実の姿が、いくらかでもこのエッセイのなかに捉えられていれば、うれしい次第だ。個人のオリジナリティーなど知れたものである。時代のオリジナリティーこそ大切だ。『変形譚』は戦後に書いた。

著者

一九四六年七月

＊『復興期の精神』我観社・一九四六年一〇月五日刊

日本における知識人の役割

推理小説の読者のなかには、まずまっさきに最後のページをひらいて、犯人はだれだかたしかめておいてから、おもむろに最初のページにとりかかるようなチャッカリした連中がいる。おそらくかれらが、そんな読み方をするのは、作者から鼻づらをとってひきまわされたのち、結末にいたって、意外の解決かなんかをあたえられて、ポンとつきはなされてしまうのが、シャクにさわるためだろうが——しかし、それでは、せっかくの推理小説のねらいであるナゾ解きのたのしさなど、まったくうしなわれてしまうことはいうまでもない。もっとも、そのかわりのこの種の読者は、ちょいとした優越感を味わうことができる。かれらの眼には、つい鼻のさきにいる犯人がわからないでマゴマゴしている作中人物はむろんのこと、いたずらに煙幕をはって、人眼をくらまそうとして苦心している作者の態度まで、いかにもばかばかしくみえるからである。

わたしには、われわれの周囲にいる一部の進歩的な知識人たちがそういった推理小説の性急な読者たちに、たいへん、似ているような気がしてならない。かれらは、歴史的必然のいかなるものであるかを知っている。だれがシロであり、だれがクロであるかを——結末にいたって、いかに事件が落着するかを、ちゃんと知っている。しかし、ただ、知っているだけなのだ。かれらは、難局に直面してよろめいている大衆の見とおしのなさをせせら笑うが——しかし、かれらの優越感をささえている知識は、べつだん、かれらが、みずからの手で、一歩、一歩、ねばりづよく分析していったあとで獲得したものではなく、あべこべに、分析をサボったために、いちはやく手にいれることのできたものにすぎない。推理小説の創始者であるポーは、かれの『構成の哲学』のなかで、作者は結末（デヌーマン）からはじめなければいけないといった。デヌーマンという言葉には、結末という意味もあるが、解きほごすという意味もある。たぶん、かれにとっては、結末からはじめるということと、徹底的に分析するということとは同じことだったにちがいないのだ。

したがって、せんだって『近代文学』百号の「今後十年を語る」という座談会で、推理小説のばあいでも、全体の四分の三を読めば、だいたい、犯人がわかるように、戦前の十年、戦争中の十年、戦後の十年とみてくると、おおよそこれからの十年の見当はつく。案外、犯人は、「暗い谷間」とかなんとかいって、被害者づらをしていたやつかもしれない——といったような意味のことをわたしがしゃべったのは、要するに、出席者一同とともに過去のデータをくわしく分析し、将来の見とおしをたてたいとおもったからであって、かくべつ、他意はなかったのである。ところが、そういうわたしの言葉が、出席者のなかの二、三の人物の耳には、推理小説の最後のページを最初に読んだ——つまり、マルクス主義の公式かなんかによりかかって、万事を快刀乱麻をたつように割りきっていく、例の進歩的な知識人の発言のようにひびいたらしい。まったく牛にむかって赤いヌノをふってみせたようなもので、荒正人は、原子力の平和利用による生産力の増大を例にあげ、これまでのマルクス主義では、とうてい、予見することのできない「結末の意外性」を強調することによって、わたしの蒙をひらこうとするし、山室静は、精神の物質にたいする優位性をみとめないマルクス主義を、くそみそにコキおろし、それにかわるものとしてフェビアン社会主義をもちだすことによって、わたしに、まざまざと「発端の怪奇性」をおもいださせた。山室などは、それだけではものたりず、その後、三ヵ月にわたって、『群像』の時評で、精神一到なにごとかならざらん、といったような気焔をあげたほどである。おかげで、わたしは、名探偵が、いつもむっつりしている理由が、多少、わかったような気がした。

しかし、荒や山室の発言は、戦前の十年の——一九三〇年前後の知識人のそれに、不思議なほど似ていたので、わたしにとっては、まんざら興味がないこともなかった。その点については、座談会でもちょっと述べたが、今日、原子力の平和利用やサイバネティックスが云々されているように、当時はテクノクラシーやテーラー・システムが話題になっていた。そしてマルクス主義は、同様に時代おくれだというので鼻であしらわれ、久野豊彦のようなモダーニストは、ダグラスの経済学をふりまわしながら、茅場町に事務所を設けて相場に手をだし、金融資本の実体にふれるのだと称していた。政府は、文部省のなかに学生部をつくり、「思想善導」のため、高専以上の学校の先生からマルクス主義批判論文を募集した。そして、先生たちは、山室と同様、その論文のなかで、さかんに精神の物質にたいする優位性を説いたものである。そういえば、先般、高橋義孝の『中央公論』に発表した『マルクス主義文学理論批判』などもまさしく「思想善導」用論文の見本のようなものだ。芥川龍之介、梅原龍三郎、ホメロスなどの作品には不朽の価値がある。事実、マルクスもホメロスを面白いといった。しかるに、ルカーチは、芸術は上部構造だといっている。ルカーチのいうとおりだとすれば、上部構造は下部構造の変化によって変化するものだから、芸術には不朽の価値などというものはない、ということになる。したがって、ルカーチはまちがっている——といったような意味のばかばかしい論旨だが、いったい、この頭の単純な先生は、ルネッサンスというような現象を、どんなふうに考えているのであろう。そこへいくと『現代人の研究』のなかで、かつて信仰の対象であった仏像が、いまは美的享楽の対象となっていることを嘆き、「気どった教養派」を罵倒しながら、南無、信仰なくてはかなわじといきまいている亀井勝一郎なんかのほうが、高橋などよりも、はるかにスジがとおっているといわなければならない。しかし、まあ、そんなことはどうでもいい。それよりも、ここでわたしの問題にしたいのは、現在の知識人の発言がどうして三〇年代の知識人のそれにひどく似てきたのか、ということだ。

高橋はとにかく、亀井にしろ、山室にしろ、荒にしろ、一度はマルクス主義に心をひかれていた連中が、ことごとく、モダーニストや「思想善導」教授のようなセリフをつぶやくようになったのは、いかに上部構造が下部構造によって規定されているとはいえ、単に今日の時代が三〇年代をおもわせるほど、「反動化」してきたためばかりではなかろう。わたしは、そこに、かれらのなかに生きていたマルクス主義の根の浅さをみると同時に、日本のマルクス主義——ひいては、日本の共産党の欠陥をみないわけにはいかない。知識人と労働者とが、かたくスクラムをくまなければならない決定的なときがせまってくると、これまで両者は、かならずケンカをしはじめたものだが、その責任はひとり知識人だけのおうべきものではない。しかし、わたしは、まず、日本の知識人のなかに容易にみいだすことのできるさまざまな盲点をとりあげていこう。たとえば荒正人のいう原子力の平和利用にしても、山室静の希望をかけている知識人の創意にしても、資本家にとっては、それが、利益をうみださないかぎり、全然、問題にならないことはことわるまでもない。幾多のすぐれた発明が、特許権を買いとられたまま、むなしく倉庫のなかにねむっている現状をながめながら、どうしてかれらは、そんな発言をするのであろうか。おそらくかれらは、知識人が、資本家のがわにもつかず、労働者のがわにもつかず、独自の道をあるきつづけていきさえすれば、やがてその業績がものをいうと信じているのにちがいない。しかし、残念ながら、それは、かれらのイリュージョンにすぎない。事実、『群像』の時評のなかで、山室静はかれのいわゆる「歌作と古典研究とに一身をうちこみ、動乱の現実をきびしく排除して新古今的世界をうちたてた」藤原定家に、かれの理想的な人間像をみているのだが——しかし、じっさいの定家は、新興武家階級とむすんで、貴族の文壇を打倒しているのだ。

どうやら「暗い谷間」をとおりぬけてきた日本の知識人たちは、奴隷の言葉をつかっているうちに、すっかり、階級意識をうしなってしまったらしい。わたしは、荒正人の「市民」だとか、清水幾太郎の「庶民」だとか、柳田国男の「常民」だとか——ちょっと見当のつきかねるようなニューアンスにとんだ言葉にぶつかるたびごとに、一種のいらだたしさを感じないではいられないのだが、そのなかでも、とくに荒の「市民」というのがいけない。五年ばかり前、荒は、わたしにむかって、かれのいわゆる「市民」とは、ブルジョアではなく、シトワイヤンであって、パリ・コンミュンのさい、先頭に立ってたたかった市民のことをさすのであり、これに反して、「庶民」とは、そのさい、市民を裏切って、反革命のがわに投じたモッブのことをさすのだとおもっている——といったような意味のことをかいた。たぶん、いまもなお、かれは、そう信じているのであろう。しかし、最近、かれのだした『市民文学論』は、「ブルジョア文学論」と改題しても、いっこう、さしつかえなさそうな気がわたしにはする。そのなかの『文壇論』その他で、大学教授の封建性を攻撃しているのはいいとしても、「文学」は、価値法則によってではなく、需要供給の法則によって支配されているなどとアダム・スミスみたいな文句を口走るにいたっては、もはや三〇年代の「思想善導」教授といささかもえらぶところがないではないか。荒は、かれとわたしとのちがいは、少年時代、かれが、聖書やギリシア神話や科学物語を読んで育ったのに反し、わたしが、カチカチ山や桃太郎や何冊かの講談本を読んで育った点にあるとおもっているらしいが——しかし、それは、かれの独断であって、わたしもまた、かれと同様、聖書やギリシア神話を読み、原田三夫先生のごやっかいになって育ったのである。なるほど、わたしは講談本も読んだ。しかし、わたしの独断によれば、荒のアキレスのカガトは、かれが『猿飛佐助』を読みとおさなかった点にあるばかりでなく、かれが『資本論』を読みとおさなかった点にもあるのだ。

荒は、しきりに大学教授の特権を問題にするが、政治や経済の現実をつねに「道徳的」な眼鏡をとおしてながめている点において、かれ自身ドイツの講壇社会主義者にいくらか似ていないこともない。しかし、大学教授のブレンターノは、プロレタリア・エゴイズムについて関心をもったが、荒のように、決してエゴイズム一般についてどうのこうのといいはしなかった。つまり、ブレンターノは、荒と同様、道徳的だったにせよ、つねに階級的立場に立つことを忘れてはいなかったのだ。わたしは、道徳を、いささかも無用なものだとは考えていない。とはいえ、荒だとか、小田切秀雄だとか——その他、もろもろの日本の知識人たちが、政治や経済の現実を、きまって道徳的な観点からとりあげるのは、かれらに科学的な分析能力が不足しているためではないかとおもっていることは事実だ。わたしには、マルクスの「悟達」を説いた小林秀雄と、荒や山室とのあいだに、どれだけの距離があるのか、はなはだ疑問である。

　荒は、パリ・コンミュンの例をあげたが、当時、パリにいた日本人のなかで、生涯にわたって、コンミュンの記憶につきまとわれ、ついにいかなる階級にもむすびつくことができず、孤独な道をあるきつづけなければならなかった人物に中江兆民がある。かれは、ブルジョア・デモクラットであり、ブルジョア唯物論者にすぎなかったが――しかし、そのかれにして、なお、マルクス主義の洗礼をうけたと称する荒や小田切などよりも、はるかに科学的な感じがするのは、どういうわけであろう。たとえば、『一年有半』のなかに、つぎのような言葉がある。

「権略、これ決して悪字面にあらず、聖賢といえども、いやしくも事をなさんと欲せば、権略かならず廃すべからず、権略とは手段なり、方便なり、ただ権略これを事にほどこすべし、これを人にほどこすべからず、正邪の別、ただこの一着に存す、権略を事にほどこすとは、たとえば大石良雄がはじめに城を背にして一を借らんと唱え、中に殉死を唱えて、終りにすなわちはじめてその真意を打明けて復讐を唱えたるこれなり、権略を人にほどこすとは、たとえば戦国のとき、いつわりて敵と和し、敵将をいざない伏を設けてこれを掩殺せしがごとき、織田信長、明智光秀の属、ややもすればこの術を用いたり、これもとより憎厭すべし、権略事にほどこすがごときは、多々ますますよし、事をなすまさにここにあり、これほとんど方法順序といわんがごときもの。」

「権略」を「事にほどこす」ことと、「人にほどこす」こととの区別がどうしてもわからないのが、わたしのいわゆる「モラリスト」と名づける人種であって、わたしの眼からみれば、目的のために手段をえらばなければならないという荒正人の言葉も、階級敵にはウソをついてもいいという野間宏の言葉も、いずれも「権略」を「人にほどこす」ものだとおもいこんでいるものの言葉であり、じつをいうと、一枚の銅貨の裏とおもてのようなものにすぎない。もっとも、「権略」のいかなるものであるかを正確に知っていたとはいえ、中江兆民には、大石良雄のような政治的手腕はなかったらしく、第一回の国会議員の選挙で当選したにもかかわらず、議会内において完全に孤立し、間もなく「アルコール中毒のため、表決の数に加わりかね候につき辞職仕り候」という届けをだし、議員をやめなければならなかった。どうやらかれは、かれの頭のなかに描いていた国会と現実のそれとのあまりにもはなはだしいくいちがいに、すっかり、幻滅を感じてしまったもののようだ。しかし、その結果かれは、山室静のように、みずからの敗北を合理化したり、荒正人のように、「庶民」をモッブとしてとらえたりして、孤高の生き方を誇るようなことはなかった。議員をやめてのちも、かれは、ジャーナリストとして、さかんに政府を攻撃し、自由、改進両派の連合を主張して、東奔西走したりした。かれは、なんとかしてブルジョアジーにむすびついて、封建勢力を打倒しようとして奮闘したのだが——しかし、周知のように、日本のブルジョア民主主義革命のにない手は、ブルジョアジーではなく、プロレタリアートであった。中江のこころざしが、かれの「門下」である幸徳秋水によってうけつがれなければならなかったゆえんである。

わたしは、山室静や荒正人のような、さもさもマルクス主義を卒業しましたといったような顔つきをして、すっかり、抵抗を放棄してしまっているような連中よりも、清水幾太郎や中野好夫や桑原武夫のような、ブルジョア・デモクラットの限界内にとどまりながら、いまもなお、地道な平和運動をやっているような連中のほうが、はるかにたのもしい存在ではないかと考える。本多顕彰は、『指導者』という本のなかで、かれらの戦争責任をとりあげて、やれ、たれそれは『読売』の論説委員だったとか、やれ、たれそれは文学報国会の幹事だったとかいって弾劾しているが、いったい、それがどうしたというのだ。問題が、相い変らず道徳的な観点からとりあげられているのも気にいらないが、そもそも本多は、知識人が、プロレタリアートとの共同戦線をはらないで、抵抗らしい抵抗ができるとでもおもっているのか。山室静のように、定家の誤解の上に立って、精神的自慰を試みることをもって抵抗と心得ているのならいざ知らず、それは、まったく不可能事に属する。わたしは、戦争中『文化組織』という雑誌をだし、すこぶる非組織的な文化運動をやりながら、『自明の理』と『復興期の精神』とをかいたが、正直なところ、そんな仕事をいささかも抵抗だとはおもっていない。それよりも、雑誌がツブされたのち、当時、軍の直接の監督下にあった『軍事工業新聞』（いまの『工業新聞』）にはいってかいた論説のほうに、わたしは、わたしなりのささやかな抵抗があったような気がする。本多顕彰が、『読売』の論説委員や文学報国会の幹事を、いきなり協力者だときめてしまうのは、終始一貫、かれが、抵抗を放棄していたためであろう。

しかし、こんなことをいうと、荒正人のような人物は、日本には庶民はいるにしても、かれの信頼して手をにぎれるようなプロレタリアは一人もいないというかもしれない。おそらく清水幾太郎なども、戦前には――いや、いまでも、底をわってみればそう考えているかもしれない。にもかかわらず、かれが、戦後、『庶民』という論文のなかで、わたし自身が庶民なのである、と宣言したのは、戦争を通過し、知識人の無力を痛感するとともに、庶民の運命に、みずからの運命をみないわけにはいかなかったからであろう。信頼するもしないもない。かれは庶民とともにあるく以外に手はないと悟ったのだ。そして、あるいた。なるほど、それ以後のかれの発言には、いくらか感傷的すぎるようなところがあって、知識人のなかには、すこぶる反発を感じている向きもあるであろうが——しかし、繰返していう。庶民に恐怖をいだき、架空の「市民」のイメージを追っている荒などよりも、清水のほうが、はるかに苦難の道をあるきつづけているのだ。わたしは、ときどき、ピランデルロの『作者をさがす六人の登場人物』のなかの舞台監督にならって、荒のような知識人にむかってつぎのようなセリフをつぶやきたくなる。理性というものは、盲目な本能という中身を欠いたばあい、空虚なる外形にすぎんのである。「庶民」は本能をあらわし、「市民」は理性をあらわすのである——と。

わたしのアヴァンギャルド芸術と社会主義リアリズムを統一するという発想にしても、一言にしていえば、そんな単純なところからきているのだ。しかし、昨年、高見順と論争してみて、つくづく感じたが、どうやら日本の知識人には、本能か、理性か——といったような二者択一的なものの考え方しかできないらしい。わたしが、戦後、間もなく、野間宏の小説を支持したのは、かれが、その作品のなかで、象徴主義の手法を駆使しながら、理性と本能とを統一しようとして悪戦苦闘していたからである。荒のような人物は、さっそく、そこから野間の道徳をひきだしたかもしれない。そういえば、荒は、わたしと高見との論争の途中、『文学界』で、アヴァンギャルド芸術を説くならば、日本的現実から出発しなくてはならぬ。日本人の感覚の吟味が必要である。書物的現実からでは、永遠の悪循環をするだけである——といったような意味の半畳をいれたが、これは、荒が、高見順のような三〇年代のモダーニストと同様、アヴァンギャルド芸術というものを、外国から輸入した知的アクセサリーのようなものだとおもいこんでいることをバクロしている。『アヴァンギャルド芸術』という本のなかでも再三強調しているように、わたしは、日本のアヴァンギャルド芸術の出発点を、日本の庶民や常民の感情に――つまるところ、日本人の本能にもとめているのである。そして、わたしは、荒のいうような「市民」の理性は、本能をさけてとおるか、本能を抑制するのに役立つだけだとおもっているのだ。むろん、わたしもまた、理性を、いささかも軽視するものではない。しかし、わたしの理性は、本能と大胆不敵に対決し、そのアナーキーなうごきを、科学的にとらえうるものでなければならない。ここでフロイトなんかをおもいださないでもらいたい。それが、マルクス主義者の理性というものなのだ。

したがって、わたしには、荒正人のいうような「市民」の理性と、山室静のいうようなフェビアン社会主義とのあいだには、きってもきれない関係があるような気がしてならない。エンゲルスは、イギリスのフェビアン社会主義者について、かれらは、社会の変革のさけがたいということを見ぬくだけの理性をもってはいるが、この大事業を、粗野なプロレタリアートには安心してまかせられないと考えている――といったような意味のことを述べたが、それは、あまりにも好意にみちた批評であって、いまでは、かれらは、議会主義の枠によって、プロレタリアートの自然発生的＝本能的な欲求を抑制し、ひたすら独占資本家の利害に奉仕しているかれら自身の正体を、ハッキリ、白日のもとにさらけだしているのである。なるほど、前記の座談会で、奥野健男などもいっているように、日本のプロレタリアートは、依然として、庶民の域を遠く脱していないかもしれない。いや、きわめて原始的な常民の要素さえ、みずからのうちに残しているかもしれない。しかし、幸徳秋水や大杉栄は、そんな日本のプロレタリアートを、ぜったいに信頼し、かれらの自然発生的＝本能的欲求を支持することによって、一挙に議会主義の枠を粉砕しようと試みたのだ。一九〇六年——というと、いまからちょうど半世紀以前のことだが、アメリカから帰ってきた幸徳は、日本のプロレタリアートにむかって、「議会否認・直接行動一本槍」の主張を勇敢に説きつづけた。むろん、その直接行動論は、今日の眼からみれば、いたって幼稚なもので、直接行動とはなにか。爆弾か、匕首か、竹槍か、蓆旗か。否。ただ労働者全体が手を拱して何事をもなさざること、数日、もしくは数週、もしくは数月なれば足れり。いわゆる総同盟罷業を行うにあるのみ——といった式のちょいと空恐ろしくなるようなシロモノにすぎなかった。労働者の大部分が未組織の状態で、ゼネラル・ストライキもないものである。

ところが、不思議なことに、俄然、ストライキの波が高まった。青森大湊海軍修理工場、石川島造船、阪神電鉄、小石川砲兵工廠、呉海軍工廠、大阪砲兵工廠などのストライキにつづいて、一九〇七年になってからも、大阪大日本製糖、足尾銅山、長崎三菱造船所、三池炭鉱、別子銅山など、ますます大規模なストライキが続出し、そのあるものは騒擾化した。軍隊も嵐のなかにまきこまれ、京城で上官の命令をこばむ一団の兵士があらわれたかとおもえば、渋谷の連隊でも脱走兵があり、旭川では三十七名の兵隊が、給養の不良と将校の酷遇に反抗して、集団脱営をくわだてた。庶民だか、常民だか知らないが、日本の被支配階級が、相当の革命的エネルギーの持主であることはたしかである。むろん、わたしには、いま、ここで、日本の組合運動の歴史をたどる余裕はないが——しかし、その後の経過をみても、日本の労働者は、ヨーロッパのばあいのように、組合に結集してストライキをおこすといったような正常な手つづきをふまず、逆にストライキをおこすことによって組合をつくっていったようだ。そして、ストライキをおこすことによって、かれらは、はじめて階級意識に目ざめていったようだ。一見、無謀ともみえる幸徳の直接行動論は、案外、そのような日本の労働者の戦闘的性格の客観的評価の上に立っていたのではなかろうか。大杉栄にいたっては、幸徳にさらに輪をかけて、労働者の自主性を尊重していたようである。最近、十年間に、猛烈ないきおいでつくられていった日本の労働組合にしても、ほとんどその大部分が、横の連絡を欠いた、一経営一組合の企業別組合ばかりであり、アメリカ人たちは、自国の組合の現状に即して、それらの組合を、すべて御用組合だと判断して甘くみていたらしいのだが、その後、そいつが、おもいのほかに執拗な闘争力を発揮するので、すっかり、仰天してしまったらしい。そういえば、知識人と労働者とが、おなじ組合のなかにはいっているというのも、外国には稀な日本の組合の特徴であり、戦後、間もなく、組合の手で、生産管理なんかが、どんどん、できたのも、両者の呼吸が、ピッタリ、あっていたからであろう。

わたしは、幸徳や大杉の態度に学ばなければならない多くのもののあることを感じないわけにはいかない。数ヵ月前の『中央公論』で、わたしは、コンミュニストの山辺健太郎が、幸徳の直接行動論をナンセンスだといってせせら笑い、幸徳が、荒畑寒村の妻と恋愛したり、入獄中、離婚した師岡千代子の世話になったりしたというので、革命家の風上におけないほど堕落した人物だといってきめつけているのをみて、やれ、やれ、とおもった。山辺もまた、荒と同様、プロテスタンティズムの倫理の信者だかどうだか知らないが、なかなかの道徳家である。

E・H・カーの『浪漫的亡命者たち』のなかに描かれているゲルツェンやオガリョフのように、まるで義務みたいに友だちの女房と恋愛しなければならないとおもいこんでいる連中もコッケイだが

――しかし、山辺のようなコチコチのモラリストもまた、困りものだ。恋愛の自由を肯定したことのないものに、プロレタリアートの自然発生的＝本能的欲求が理解できるはずがないのである。たぶん、山辺的見地からみれば、三角関係だか、四角関係だかの渦中にあった大杉もまた、革命家の風上におけないほど堕落した人物――ということになるのかもしれない。

しかし、こんなことをいうからといって、わたしは、幸徳や大杉のアナルコ・サンジカリズムを、そのままのかたちで、肯定しているわけではない。日本の社会主義リアリズムが、アヴァンギャルド芸術を否定して、その積極的な要素を、みずからのなかに生かしきっていないように、日本のコンミュニズムは、アナルコ・サンジカリズムと対決したさい、なにか相手からたいせつな要素をとりいれることに失敗しているのではないか、と考えているのだ。たとえば、小田切秀雄が、思想の平和的共存を主張するとき、コンミュニズムとプラグマティズムとのあいだに、アナルコ・サンジカリズムという中間項をいれて思案してみたら、いくらか難局打開の見とおしがたつのではないかという気がわたしにはする。大杉栄も、たしか『労働運動の哲学』かなんかで指摘していたようだが、プラグマティズムとアナルコ・サンジカリズムとは無関係ではない。もっとも、その結果、小田切は、思想の平和的共存についてではなく、思想の「三国志」についてかかなければならなくなるかもしれないが、そんなことはわたしの知ったことではない。

要するに、わたしは、日共は、プロレタリアートの個別的＝分散的な抵抗を、組織的＝統一的抵抗に急速に転化しようとしてアセったため、かれらの自然発生的＝本能的な欲求を、十分、底の底まで、くみつくすことができなかったのではないかとおもうのだ。

＊『知性』一九五六年三月号初出、『政治的動物について——現代モラリスト批判』（青木書店・一九五六年七月一日刊）に収録

日本民族政策の指導原理

一、民族共同社会の理想

いつの時代にあつても理想は求められるものにちがひない。しかし今日ほど、人々によつて理想の必要の痛感されてゐる時代はないかも知れない。それは必ずしも理想が払底してゐるからではなく、反対に理想が、いはゞ商品として――つまり夥しい「理想的商品」の形をして、市場に氾濫してゐるからである。理想の商人共に抜け目はないのだ。

かれらは理想家面をして理想を売る。客を寄せるためには悲憤慷慨もしなければなるまい。天下国家も論じなければなるまい。しかし要するに問題は、いかに巧みに明哲保身の術を講ずるかにある。もつとも、かれらのケチな俗物根性を嗤ふ必要はない。その理想が、引き裂かれた現実の無器用な継ぎはぎであるにしても、いはゆる「理想的商品」の正体とは大抵そんなものだ。いまさら驚くにもあたるまい。世智辛い世の中である。自己欺瞞の昂じた結果、自惚れのつよい理想の商人共が、時折おのれを真実の理想家と思ひ込むことがあるにしても、仕方がない。寛大に許してやらう。たゞ忘れてはならないことは、現在、理想家といふ言葉が空虚なひびきをもつのは大言壮語する理想家の殆んどすべてが、かゝる意味において、徹頭徹尾つねにちつぽけな現実家であるがためだ、といふ事実である。

われわれもまた理想をもつ、たゞし断じて売るためにではない。それは使用価値は無限にあるが、いさゝかも交換価値のない理想、民族共同社会の理想である。われわれがユートピアを夢みるものでない以上、問題は、かゝる理想社会がいかなるものであるか、或ひはいかなるものでなければならないか、といふ点の究明にはなく、いかにしてこれを実現するかにある。

無邪気なユートピストは、現実を否定し、もつぱら理想社会の合理的組織の案出につとめる。さうしてつくり出した理想の枠のなかに、無理矢理に現実を押し込まうとする。つまり、かれらは論理的必然性にしたがつて、社会の改造を企てる。これに反してはわれわれは、理想実現のために、たゞ現実の自由な発展を願ふだけだ。かゝる発展によつてのみ、やがてわれわれの理想が開花するであらうといふことを知つてゐるからである。すなはち、われわれは社会的歴史的必然性にしたがつて行動する。

一見したところ、われわれは前に述べた俗悪な現実家に似てゐるかも知れない。またユートピストに比して、理想をもたないものゝやうに見えるかも知れない。しかし、現実の自由な発展を拒み、社会的歴史的必然性を歪曲しようとする試みの周囲に充ちてゐる場合、いかにわれわれの辿る道が荊棘にとんだものであるか、容易に想像できる筈である。

われわれは拱手傍観して現実を肯定するものではなく、また単なる現実の否定の上に立つものでもない。現実の否定の否定、その絶対的肯定からわれわれの理想は生れる。東洋において、民族共同社会の物質的地盤はすでに存在してゐる。われわれはこの萠芽を、注意ぶかく育てればいゝのだ。そのためには、日本の民族政策が、かゝる観点から十分な検討をうけ、弁証法的に具体化される必要がある。

二、今日における東洋民族運動の歴史的意義

民族がなんら超歴史的範疇ではなく、一定の歴史的範疇――上昇する資本主義時代の歴史的範疇に属することは、いまではすでに常識だ。しかし、現在における民族政策のさま〴〵な誤謬が、かゝる常識の陥穽に足をすくはれ、あくまで民族と資本家階級とを結びつけて考察する結果、生れてきてゐる場合も見逃してはなるまい。

いふまでもなく、この常識そのものが間違つてゐるわけではない。民族が真に民族となるためには、資本主義による国内市場の形成によつてもたらされた、言語、領土、経済生活、心理の統一を不可欠とする。赤ん坊が生長して大人になるやうに、種族は生長して、資本主義時代に達するとゝもに、はじめて民族となるのだ。いかに赤ん坊が片言をさえずり、狭い畳の上をはひまはり、ものを食べ、大人に似た心の動きを示すにしても、赤ん坊は赤ん坊である。閉鎖的な自然経済の上に立つ種族と、資本主義経済の上に立つ民族とを混同する人物は、遺憾ながら赤ん坊的頭脳の持主にちがひない。

とはいへ、だからといつて、民族の担ひ手はつねに資本家であるとは限らない。民族闘争はいつも資本家階級相互の闘争とはきめられない。殊に東洋における民族の現段階は、この点にたいする慎重な反省を要求してゐる。あくまで民族問題を民族資本家の問題として取扱ひ、この線にそつて将来も日本の民族政策がたてられるならば、それは非常な認識不足といふべきである。具体的な例として支那をみよう。

今日、支那民族の代表者として——その運命を雙肩に担ふものとして、蔣介石を政治的代弁者とする、浙江財閥の民族資本家を諸君は挙げるか？　過去においては、たとへ一時的にせよ、かれらもまた民族運動の指導権を握り、支那民族の向上に多大の寄与をしたでもあらう。支那の資本主義化は、たしかに社会的歴史的必然であつた。そのかぎりにおいて、歴史的に自己を正当化し、かれらは運動の先頭に立つことができた。さうして、事実、支那の生産力はそのために増大した。しかし、支那の大衆ははたして幸福になつたか？　反対である。生産力の増大は生産関係を忘れて誇示さるべきではない。反動化した蔣介石は封建勢力と妥協し、帝国主義国と手を握つた。かくて支那の大衆は、自国の近代的な民族資本、封建的な商業および高利貸資本、ならびに帝国主義の三重の搾取に呻吟するに至つた。

したがつて、もはや今後、支那における民族運動を押し進めるものは、断じて民族資本家ではない。農民だ。農民以外にないのである。民族問題は、ことの本質上農民問題に転化するのだ。（農業問題ではない。これは農民問題とは別個の問題である。）少くとも、かゝる事実は、現に蔣介石と戦ひつゝある日本の大衆は、十分心得てゐる筈だ。支那の農民を蔣政権の桎梏から解放し、ひいては欧米の帝国主義を駆逐することがわれわれの任務である。事実、支那の大衆は、当初からいさゝかもわれわれの敵ではないと、屢〻当局者もまた声明してゐる。これは結構なことだ。忘れないやうに、よく覚えて置かう。

とはいへ、過去における日本の民族政策、乃至は金融資本家の遣り口を見る時、容易にその声明を盲信するわけには行くまい。支那はとにかく、身近な朝鮮や台湾の現状は、決してわれわれの楽観を許さない。全くひとごとではないのだ。こゝでもまた、事態は或程度まで支那を髣髴させるものがある。なるほど西洋の帝国主義的勢力から、東洋の諸民族を守ることは、何人と雖も積極的にこれを支持しないわけには行くまい。しかし、西洋の帝国主義はよくないが、東洋の帝国主義は大目にみていゝといふ理窟はないのだ。われわれは勇敢に西洋の帝国主義と闘争すると共に、われわれ東洋民族相互の間における圧迫、被圧迫の関係の成立を、どこまでも排撃すべきである。これは正しく自明の理だ。にも拘らず、ともすればますます圧迫被圧迫の関係は、熾烈になりそうなおそれがある。これは日本民族の責任である。われわれの無力の証拠である。

現に北支には唾棄すべき利権屋の群が雲集してゐるではないか？　かれらもまた、わが民族の端くれには相違ないのだ。このまゝ放置するならば、またしても日本の民族政策は苦い経験を嘗めなければなるまい。利権屋共は彼地の民族資本家と手に手をとつて、再び農民の屍の上で死の舞踏を踊るであらう。さうして、これを以つて民族的提携とか、建設とか強弁するだらう。北支は中支、南支に比して、封建色濃厚なところである。したがつて、これを資本主義化するために、彼地の民族資本家を動員することは、何か進歩的な政策を遂行してゐるかのごとき感じを与へる。しかし、もはや歴史的役割を終り、完全に反動化し終つてゐるかれら民族資本家のみを中心として民族政策をたてるならば、第二の蔣をつくるのみであつて、その破綻は推して知るべきだ。

われわれは東洋における民族問題の本質が、今日では農民問題にあることを明らかに認識し、真に民族共同社会の樹立をねがふわれわれの手を彼地の農民に差し伸べ、下からの大衆的圧力によつて、日本民族政策の放胆な方向転換を試みなければならない。朝鮮、台湾、満洲についてはいふまでもない。われわれの理想が、社会的歴史的必然性に基くものである以上、やがてアジア全土に一大民族運動の渦がまきおこり瞬く間に西洋帝国主義の羈絆《きはん》を脱し、泥まみれの日にやけたわが東洋の農民の顔が、歓喜にかゞやくのも遠い未来のことではないと確信する。

三、日本民族政策の具体的歴史的特殊性

われわれがまづ立つて、かゝる理想の実現をアジアにおいて試みようとするのは、もとより単にわれわれが東洋の「盟主」であるためでも、人一倍正義感がつよいためでも、或ひはまた他民族の境遇に同情や憐憫を感ずるためからでもない。率直にいへば、そうすることが、われわれにとつて最大の利益を約束するからである。

たとへば英吉利を見るがいゝ。英吉利人の自由は、植民地の圧迫によつて、被支配民族の血と汗によつて購はれたものだ。いかにも莫大な植民地の超過利潤は、いくらか英吉利大衆にもばら撒かれよう。かゝる点で、かれらが蒙つてゐる利益は、たしかに少いものではないかも知れない。しかし、本来の意味において、それはかれらにとつて利益と称することができるだらうか？　要するにオコボレを頂戴して、かれらは英吉利民族の上層と共同戦線を張り、金融寡頭政治に奉仕し、完全に去勢されてしまつてゐる。これでは、永久に浮ぶ瀬はないのである。われわれは、かれらの轍を再び踏まふとは思はない。現に事変は、一歩々々英吉利の勢力を東洋から閉め出しつゝあるが、日本が英吉利に代つて、またしても他の諸民族を圧迫するやうなことがあれば、それは結局、われわれ自身を破滅させるものにほかならないのだ。

況んや、万一、日本が諸民族を圧迫と搾取とによつて脅すやうな場合、これに対抗して民族運動の

火ぶたを切つて蹶起するのは、東洋各地の農民だ。日本民族の半ば以上を占める農民が、同じ農民としての利害のために、生命を賭して戦ふ僚友を見殺しにすることはできない。かゝる不祥事をひきおこさないために、われわれは民族共同社会の実現にむかつていつそう邁進しなければならないわけだ。事実、東洋各地の農民が解放されるならば、日本の農民の地位が真に向上することはたしかである。くれぐも眼前の利益に惑はされて、反動的な政策を支持しないやうに注意することだ。今日、日本の農民は決して幸福ではない。われわれは、われわれよりもヨリ悲惨なものゝ姿をみて、安価な自慰に耽けるべきではなく、また破廉恥な態度でその不幸を利用すべきではない。

たとへば朝鮮をみるがいゝ。過去におけるあやまつた日本の民族政策が、いかなる結果をもたらしたかを、それは明瞭に示してゐる。内地人の食糧問題の解決策としてたてられた産米増殖計画が、どんなに朝鮮の農業生産力を向上させたかは知らないが、朝鮮農民に塗炭の苦しみを与へたことだけはたしかである。農民は土地を失つた。水利、施肥、その他の土地改良のための投下資本、或ひは税金等のために農家の負担は増加し、農民は借金をしないではやつて行けなくなり、やがて抵当ながれとして土地を売らなければならなくなつたからである。無数の火田民がかくて生れた。しかも朝鮮農民を犠牲にして、内地の農民は利益をうけたか？　たゞ朝鮮米の圧迫をうけて、ますく困難な境遇に落ちたゞけである。

いふまでもなく、日本との併合によつて、朝鮮の民族資本家は多少肥大したかも知れない。事実、朝鮮民族運動はかれらによつて指導されてきた。移動の自由の制限、言語の圧制、選挙権の制限、宗教の圧迫、等々の問題を、かれらも他民族の民族資本家と同様に取り上げた。しかし、事実上、何ひとつ解決されはしなかつた。また、かれらのうちの或ものは、民族自決権の獲得に狂奔し、これが日本の当局者によつて、はなはだしく危険視されたりした。

以上のごとき問題が、われわれによつて改めて取り上げられ、新しい角度から見直されて行かなければならないことはいふまでもない。同じ日本国民でありながら、内地への渡航すら勝手にできない民族の現状を、恬然として対岸の火災視することはできない。自決権の問題にしてもそうである。なぜ自決権を与へるといふことが恐るべきであるか了解に苦しむ次第だ。畢竟それは離婚権と同じ性質のものではないか？

相手に自決権があるといふので直ぐに分離や独立の危惧をいだくものは、女房に離婚の権利があるといふので、いつもびく〳〵してゐる気の小さい亭主のやうなものだ。

亭主に愛情を感じてさへゐれば、誰が好きこのんで逃げ出すものか。変に気をまわすのは、内心疚《やま》しいところのある証拠である。民族自決権を以つて、分離すべしとする当為として――義務として解してはならない。当局者の方にかゝる誤解のあつたことはもちろんであるが、また民族主義者の方で、前者の誤解に拍車をかけたことも否定できない。かれら民族主義者は、自決権をもてば、必ず分離しなければならないかのやうに考へてゐた。それは分離するためにも、分離しないためにも使ふことができるのだ。圧迫をのがれるための武器として、それはいかようにも用ひ得る。共存共栄とはいひ古るされた言葉だが、むやみに独立したところで没落の一途をたどるのみだ。

元来、資本主義は一方において民族相互の対立を尖鋭化するものであるが、また他方において、その同化と融合とを促進するものだ。この二つの傾向は資本主義の世界史的法則である。さうして、二つの傾向は絶えず資本主義の発展と共に闘ひつゞけて行くが、最後に勝利を占めるのは、後の傾向であることはいふまでもない。いつぱんに植民地の民族主義者は、自民族の独立不羈の幻影を追ふに急であつて、著しく視野の狭小な嫌ひがある。かれらには、なかなか民族共同社会の物質的地盤が、すでに存在してゐることがわからない。てんで自民族のこと以外には見向きもしようとしないからである。

植民地の民族主義者は高度に発展した日本の資本主義を絶対的に呪ふ。発展してゐるにも拘らず、それは自分達に、なんら民主主義的制度を与へないと立腹する。さうして、ともすれば日本民族をひつくるめて憎悪の対象にする。なんといふ感情的な態度だ。諸君は日本における生産力の発展を一面有難く思はなければならない。これは特権を排除する民族共同社会の客観的基礎だ。のみならず、どうしてかゝる生産力が出現するに至つたかも考へてみなければならない。もちろん、それには君の民族も大いにあづかつて力はあつたらう。しかし、日本の農民の骨折といふことも察して貰ひたい。日本の資本主義は、その出発の当初から、封建時代の継承物である地租に依頼しながら、農民の余剰労働を糧として生長したのだ。かれらの功労を抹殺するわけには行かない。しかもかれらは、今もなほ封建的残滓に悩まされてゐることにかけては、決して諸君に劣らないのである。いふまでもなく、だからわれわれは諸君に忍従の美徳を守れといふのではない。日本の民族政策がかゝる日本資本主義の特殊性に災されて、十分民主主義的でなかつたといふことは、当然抗議に値ひする。また発達した生産力にとつて、旧来の生産関係がすでに非常な桎梏になつてゐるのもわかりきつてゐる。問題は、なぜ諸君が、諸君と同じ苦痛を味つてゐる日本民族の大部分から、強ひて袂を分たうとするかといふことだ。なぜ力をあはせて、積極的に民族共同社会の建設につとめないかといふことだ。

四、結論

今こそ支配民族の優越感と被支配民族のひがみ根性とが、捨て去られなければならない時である。それは民族を超越してゞではなく、むしろ民族が民族としての自覚に生きることによつて成就される。奇態なことに、これまで民族的特権と民族的特質とは、つねに混同されてきた。特権は廃棄されなければならないが、特質は逆に保護され、ますます発展させられる必要がある。それ〴〵の民族には皆すぐれた独自の特質があるものだ。不当な圧迫をうける時、それはすくすくと伸びることができないので、極めてやくざな外観を示すにすぎない。しかもこのやくざな外観は、民族的対立に利益を感ずる一部資本家によつて、事実以上に誇張された。さうして、対立によつて不利を招くばかりであるにも拘らず、われわれはいつか排他的な民族的偏見を吹き込まれた。これからは、お互ひの民族的特質を尊重し合ひ、共通の目的にむかつて、惜しみなくその特質を発揮して行かねばならない。

資本主義の終る時、民族もまた消滅するだらうと機械的に説く人がある。厳密な意味において同化とか融和とかいふことが、自己の民族的特質を殺して、一方が他方に迎合することによつてゞはなく、反対に大いにその特質を寄与し合ふことによつてのみ生れるものである以上、将来、民族はむしろその百花繚乱の状態を競ふことになるだらう。

今日、滅亡に瀕してゐる被圧迫民族の文化遺産は手厚い保護をうけ、さらに、新しく目醒めた才能が、新しい民族文化をつくり出すだらう。資源の開発にしても同じことだ。新しい宝庫がひらかれ、これが諸民族に新しい民族的繁栄をもたらすことはいふまでもない。そのためには、東洋各地に工業中心地をつくることも必要である。灌漑事業を奨励することも必要である。消費組合、販売組合よりはじめて、農民を協同組合に加入せしめることも必要である。しかし、最も大切なことは、すべてこれらの政策が、われわれ自身によつて、諸民族大衆の自発的な意志にしたがつて、計画され遂行されなければならないといふことだ。したがつて、まづわれわれは政治的権力を闘ひとらなければならない。東洋各地に、一大農民運動を展開しなければならないのだ。

「東は東、西は西」とは、英吉利帝国主義の代弁者、キプリングの警句であつた。それは汚辱にみちた東洋の現実に、西洋の投げつけた端的な侮蔑の言葉であつた。我々は報復的にかかる文句を鸚鵡のやうに繰返して、それをそのまま西洋に投げ返そうとは思はない。東洋と西洋とを機械的に対立させることが、形式論理的であり、幼稚であることをわれわれは知つてゐる。西洋の諸民族大衆が申し分なく幸福であらうなどとは想像することすらできない以上、かれらの運命もまたわれわれの関心事にはちがひない。しかしかれらを解放する民族運動は、東洋の地以外では発生しない。日本によつてしか火ぶたをきられない、といふのだ。それは、エネルギッシュな民族を西洋において見出すことが、きわめて困難なためである。

アンドレ・マルロオの「王道」に次のやうな一節がある。

「盲人は、土人のギターをひきながら唄つてゐた。唄つてゐるのはラマヤナの英雄詩であつたが、それに心を乱されるものはたゞ一群の乞食と召婢にすぎなかつた。老歌手は、国亡びて山河空しき、このカンボヂヤを痛ましく聯想させるものであつた。征服された国土。頌歌までが寺院と同じやうに廃れ果てた国。あらゆる亡国のうちの最も哀れな亡国、それがカンボヂヤの現実だ。」

カンボヂヤだけではない。これまで、それが日本をのぞく全東洋の現実であつた。過ぎ去つた日の栄華の歌ひ手――それが全東洋の姿であつた。かくも老ひ朽ちた、疲れきつた姿に誰がしたか？　それは西洋の帝国主義ではなかつたか？　マルロオはヨーロッパの若い時代に属する最も進歩的な作家のひとりと聞く、そのかれにしてなほかゝる現実を眺めて心にいだくものは一片の感傷にすぎない。所詮、われわれの堪え難い憤懣の情には無縁の徒だ。ふたたび全東洋に昔日の面影を回復させるために、東洋の諸民族を指導するといふ役割は、日本民族にこそ与へられてゐる使命であらう。もとより指導は民族的圧迫にも、民族的支配にすらも転化してはならない。さうして、その指導の一日も早く無用となる日のくるやうに指導すべきだ。日本の民族政策はかゝるものでなければならない。一言にしていへば、日本民族が、全東洋における民族運動＝農民運動のバリケードになればいゝのだ！　東洋はいつまでも眠つてはゐないだらう。すでに現在、諸民族は西洋の呪縛をやぶつて、モロッコに、アラビアに、印度にいつせいに蜂起しはじめてゐるのだ。

＊『東大陸』一九三八年四月号

ノーチラス号応答あり

　最近の皇室ブームでおもいだしたが、昔、わたしの知りあいに、すこしばかり風変りな朝鮮人の押売りがいた。すこしばかり風変りだというのは、かれの商品が、ゴム紐や鉛筆などではなく、そのころ、「ご真影」といわれていた天皇の写真だったからだ。フロシキのなかから額ぶちいりの写真をとりだし、その写真にむかってうやうやしく一礼したあとで、買ってもらいたいといってさしだすと、そのころ田舎の小学校の校長先生など、まるで電光にでもうたれたかのように、全身コチコチになって、直立不動の姿勢をとり、反射的に写真にむかって最敬礼をおこない、つい、ふらふらとポケットから財布をひきだしてしまったらしいのである。わたしは、その日本人の弱点をたくみにつかんだ押売りの方法を、いかにも天皇制にさんざん痛めつけられてきた朝鮮人らしいおもいつきだと考えて感心した。毒をもって、毒を制す、とはこのことである。おそらくかれは、ながいあいだ行くさきざきで剣つくをくい、マゾヒズムに苦しめられてきたのであろうが——しかし、ある天気晴朗なる朝、突然、奇蹟がおこって、かれのマゾヒズムを、あざやかにサディズムに転化することができたのだ。もしかすると、皇室ブームの波にのって、日本人のなかにも、いまごろ、皇太子夫妻の写真なんかをフロシキにつつんで、田舎をうろつきまわっているような連中がいるかもしれない。

　そういえば、わたしの論敵である吉本隆明なども、どこか右の押売りに似たところがあるようである。かれのフロシキのなかからとりだすものは、——相当の大ブロシキなので、そのものものしさが、すでに滑稽であるが——天皇の写真ではなく、戦争責任という無形の商品だ。いまさら、そういうコットー品をもちまわったところで、誰もハナもひっかけはしないであろうとおもうのは早計であって、かれが、大ブロシキをひろげて、戦争責任の一語をもちだすや否や、それまで居丈高な態度を示していた、たいていの左翼が、まるでさきにあげた田舎の小学校の校長先生よろしく、さっそく、全身硬直状態におちいって、反射的に最敬礼をはじめるのだからおもしろい。いや、おもしろい、などといっては失礼にあたるかもしれないけれども、戦後、間もなく、戦争責任をふりまわして、さんざん、吉本隆明のような右翼を攻撃してきた連中であるだけに、ちょいといい気持だという感じのすることは事実である。それは、要するに、サディズムとマゾヒズムとが一枚の貨幣の裏と表のようなものであって、時代が一回転すると共に、かつてのサディストが、いまはマゾヒストになり、かつてのマゾヒストがいまはサディストになっているためであろうか。それとも、日本の左翼もまた、右翼と同様、依然として封建的な生活感情につきまとわれ、戦争責任を追及されたさい、微にいり細をうがって、自己弁護をおこなうことを、いさぎよしとしないためであろうか。あるいはまた、戦争責任というものを、ひたすら道徳的な観点から受けとり、科学的な検討にたえ得ないものだと考えているためであろうか。

　むろん、ヒマがない、といったような単純な理由のためかもしれない。しかし、キーナン検事からバトンを受けついだ吉本検事のいいかげんの論告に沈黙をもって答えなければならないほど、ヒマがないはずはなかろう。たとえば、吉本隆明は、『近代文学』(一九五九年四月号)の『アクシスの問題』のなかで、わたしの『復興期の精神』を、東方会ファシストの血まみれた手でかかれたものだ、などといっているが、まさか『思想の科学』の転向研究会のばあいのように、警視庁からデータを提供されたわけではあるまい。なぜなら、わたしが、直接、警視庁と交渉をもったのは、東方会の会員としてではなく、文化再出発の会の会員としてであったから。東方会のほうも、そのころ、ピアトニツキーの『ファシズム論』などをかつぎまわっているようなあやしげな思想の持主を表面にださなければならないほど、人材に不足はしていなかったのである。吉本検事は、当然、検事側の証人を呼びだすべき義務がある。もしもその証人が登場すれば、わたしには、いくらでも反対訊問を試みる用意があるのだ。なるほど、わたしは、わたしの『政治的動物について』(青木書店刊)や『プロレタリア文学大系・第八巻』(三一書房刊)の附録のなかで、数年前、すすんで東方会とわたしとの関係についてふれたことがあるが、いったい吉本検事は、そういうわたしの自供にもとづいて、わたしを断罪するほど、ヤキがまわっているのであろうか。そこでわたしのいいたかったことを——むろん、かれ流にではあるが、ある程度、正当に受けとめてくれた人物の一人に、武井昭夫がいる。『現代文学講座・第四巻』(飯塚書店刊)の『論理と感情』のなかで、かれはいっている。「たとえば花田清輝は、同じ戦争中、右翼の政治組織を利用し、そのなかで当時の進歩的な人たちと『文化組織』という雑誌を出して、いろいろな形で戦争体制、日本資本主義体制への批判の運動をしていました。右翼の中で、それといりまじって抵抗運動をすることは、限界は目に見えているけれども、純粋な孤立のなかで自分を守っている(私のことばでいえば消極的な抵抗)より、はるかに、積極的な抵抗だと考えるのです。これは、一歩まちがえば非常に危険な仕事です。もちろん、当時は消極的な抵抗でも危険はあります。しかし、このような積極的な抵抗はもっと危険な世界です。危険というのは、自分を汚すかもしれない危険を含みます。ところでそのいずれがいいかということになってきますが、ぼくの考えでは、右翼の中に入るかどうかは別として、どんな状況においても、その状況を俗悪なものとして、そこから孤立した世界にとじこもり、そこに純粋な美を見つけるという方法でなく、私たちの生きる現実がそこにしかなければ、泥にまみれても、与えられた状況の下で、現実のなかに入っていって、力いっぱい生き抜くという生き方を私はとりたいし、文学の態度としてもそうありたいのです。」と。

もっとも、『復興期の精神』は、わたしの東方会に関係のあった時代にかかれたものではない。昭和十五年十月、大政翼賛会が成立し、東方会の幹部たちが、それに参加すると同時に、わたしは、秋山清のくちききで、木材新聞社にはいった。なぜなら当時のわたしの判断では、それ以上、東方会と関係をもつことは無意味なような気がしたからである。わたしは、いささか性急すぎたかもしれない。しかし、一緒に仕事をしていた中野秀人もまた、わたしと同じ意見だった。そこでわれわれは、それまで東方会の一室を借りていた文化再出発の会の事務所を中野秀人の家へ移し、そこで相変らず『文化組織』の発行をつづけることにした。したがって、武井昭夫流にいうならば、わたしは、まだまだ、泥にまみれかたがたりなかった、ということになろう。その後、東方会のほうも幾変転し、反東条の旗じるしをかかげて、軍部にたいして楯をついたため、昭和十八年十月、主な会員はことごとく検挙され、中野正剛は自刃した。その当時、ニル・アドミラリをモットーとしていたわたしではあったが——しかし、かれの自刃にはやはり、心をうたれないわけにはいかなかった。むろん、かれは、武井昭夫などとは、まったく正反対のタイプの政治家だったが、武井と同様、かれもまた、胸に火をいだきながら、生きつづけていたことはたしかである。ここでは、その辺の事情を、くわしく述べる余裕はない。そこで、わたしの旧友、楢島兼次の手紙の一節を左に引用して、こちら側の証言の一つとしたい。吉本検事の論告がそのころを知っている人びとに、いかなる反応をひきおこしつつあるかを知る点においても、多少の参考になるかもしれない。「お変りもないことと存じます。『近代文学』の吉本隆明という男の文章を読んでたいへん不愉快になってこの手紙を書きます。参上してとも考えたのですが、ラジオ・ドラマの御執筆中とか報ぜられているので邪魔してはと存じ、この方法をとります。『読書新聞』をはじめ『東京新聞』などでも拝見して、ムラムラしていたところですが……東方会にいた、東方会にいたと鬼の首でもとったように騒ぎ立てる奴等に対して、このことについてなんのタンカも切れないとはどうしたわけです。ぼくにはなんだか『そこだけには触れられたくない』というような思惑が大兄の中にひそんでいるようで気がかりでならないのです。あそこであなたが、どんな役割をしていたかを彼等の誰が知っているのでしょう。東方会にいたというのがどうしたというんだ。あなたは、いわゆる中野門下でもなかったし、明らかに同志でもなかった。中野先生もこのことはよく御存知だったと思います。自分とは一応反対の方向、いや、むしろ、否定的な面にさえ立たされる大兄のような人物を大切にされた先生の気持は、ぼくの軽々しく述べるべきことではなさそうですが、封建的なぼくには、甚だ不満だったのです。東方会にいささかも同調しない大兄がです。それだけに東方会、東方会と見当ちがいのさわぎ方をする奴等に腹が立つのです。なにが血にまみれたファシストの手だか、こいつらは、きっとほんもののファシストさえも知らないでしょう。(下略)」

楢島兼次のいうように、わたしは、べつだん「そこだけには触れられたくない」などと考えているわけではない。二年ほど前、光文社の依頼で、その当時のことを一冊の本にかきおろしてみようかとさえおもったほどである。さらにまた、吉本隆明の東方会ファシストの血まみれた手、などという紋切型の表現に、それほど気をわるくしているわけでもない。数年前、宮本百合子でさえ、帝国主義者の血まみれの手云々といわれたことがあるではないか。わたしは、検事が、シロをクロだといいくるめようとするのは、検事としては当然のことではないかと考えているのだ。したがって、吉本検事が、文化再出発の会の中心的なメンバーだった、中野秀人、岡本潤、小野十三郎らの戦争中のたくさんの作品のなかから、自分に都合のいいようなくだりだけを何行か引用してきて、勝手に断罪しているのをみても、とくにおかしいともおもわなかった。むしろ、わたしは、簡単にあげうる反証をあげるのをさしひかえて、徹底的に自己弁護を試みない被告のがわに不満をいだいていた。『思想の科学』(創刊号)の『戦争責任の問題』における鶴見俊輔の発言によれば、福田恆存は、戦争責任の追及者に、ジャーナリズムにおける市場獲得のコンタンをみとめているということであるが、わたしには、聡明な福田恆存が、そんなおめでたいことをいったとは信じがたい。なぜなら戦争直後ならいざ知らず、今日、戦争責任を追及されるということは、ジャーナリズムの世界においては、追及するがわよりも、されるがわにとって著しく有利であるからだ。わたしは、中野秀人や岡本潤や小野十三郎に、そんなつもりがあるなどとは、いささかも信ずるものではないが——しかし、抵抗者というレッテルをはられるよりも、協力者というレッテルをはられるほうが、現在のジャーナリズムにおいては、流行することがあきらかである以上、吉本検事の不当な求刑を甘受する被告があらわれても、すこしも不思議ではないとおもう。もしもそうだとすれば、吉本隆明は、天皇一家の写真をもちあるいている押売りよりも、伊勢神宮かなんかのお札売りのほうにいっそう似ているかもしれない。こちらが黙ってそのお札をいただいて、れいれいしく柱かなんかにはりつけておけば、商売繁昌うたがいなし、というところである。たぶん、そのお札をみて、原稿の注文をさしひかえるのは、『アカハタ』ぐらいのものであろうが、これは、大局に影響はない。いや、『アカハタ』だって、あやしいものだ。数年前、大井広介、荒正人、埴谷雄高らの共産党批判に対抗して、わたしが、共産党のために弁護役を買って出たとき、『アカハタ』は、スピッツをだいて笑っている大井広介の写真入りで、かれの談話を大きくあつかったにもかかわらず、わたしのほうには、見むきもしなかったのである。そして、いまだにその周辺では、統一戦線の名において、みずからのマゾヒズムを合理化する傾向が、あとを絶ってはいないらしいのだ。

戦争直後においても、はたして戦争責任の追及によって、協力者たちが、ジャーナリズムからボイコットされたかどうか疑問なきを得ない。丹羽文雄、石川達三、火野葦平らが公職追放になったさい、左翼のジャーナリスト連盟あたりでは、追放作家を執筆禁止にしろ、などといっていきまいていた。つまり、ジャーナリスト連盟は、執筆禁止にしろ、と叫ぶことによって、逆に執筆依頼を奨励していたようなものであって、お札をもらった連中が、現在、前にもまして流行しているのに反し、かんじんのジャーナリスト連盟のほうは、間もなく、あとかたもなく解体してしまったのである。もっとも、だからといって、かつての追放作家たちの商売繁昌をうらやましがる必要はすこしもない。わたしは、ジャーナリスト連盟とは反対に、その当時から、追放作家たちにはジャンジャンかかせて、自分の手で、自分の墓穴をほらせるがいいという主張だったのだ。しかし、まあ、そんなことはどうでもいい。

たとえ抵抗者のレッテルをはられることが、このさい、どんなにジャーナリズムにおいて不利であろうとも、シロをクロだといいくるめているやつを、ほったらかしておく手はあるまい。自己弁護をすることが、そのまま、今日においては、抵抗をすることになるのだ。たとえば中野秀人であるが、かれの詩集『聖歌隊』、『散文自選集』、いくつかの戯曲などは、いずれも国際的水準をぬく作品であって、吉本隆明などの罵倒にまかせて、埋没させておくに忍びないのである。吉本隆明は、かれの『芸術的抵抗と挫折』（未来社刊）のなかで、わたしの抵抗体験は、「たかだか、大衆組織からも、大衆の動向からもきりはなされた『同人雑誌』によって、戦争讃歌をかかなかったと言うにすぎず、しかも当人の他は、大衆にたいして責任をもっているジャーナリズムで、ことごとく戦争讃歌を本心からかいた。」などといっているが、これこそ無責任な放言というほかはない。われわれの『文化組織』は文化再出発の会の機関誌であって、同人雑誌ではなかった。そして、その文化再出発の会は綱領・規約をもった、れっきとした芸術運動の中核体だったのである。さきにあげた『プロレタリア文学大系・第八巻』の附録のなかにも引用しておいたとおもうが、中野秀人の起草にかかる綱領の全文を左にかかげておこう。

「この会は政治運動の一部を目標とするものではありません。むしろ白紙にかえって、民族の生活の根底たるべき文化を批判検討し、そこからあらゆる運動への、時代の動向への関連を持たせたいと思うのであります。ここでは、文化は自主的であり、科学的追及にたえるものであり、それだけを対象としても、それだけを切離しても、尚且つ当面の重大問題たるべき種類のものでなくてはなりません。わが国の文学及び芸術が、その社会性において欠くるところがあったとの非難は、自他共に許すところのもので、そうした過去が連綿として続いてきたのであります。そして、幾多の新しい運動は、その未熟さにおいて蹉跌し、生活の推進力となるだけの伝統をつくらなかったのであります。そして、今日、文学及び芸術、広汎な意味での文化全体を、他動的に、人為的に、左右するということは当を得ないのであります。そして、それは不可能なことであり、実績のあがるものでもありません。だが、それはそのままではあり得ないもの、停止を許されないものであります。文化再出発の企ては、実に生活の真髄において、何か明朗ならざるもの、希望を阻止するもの、そうしたものを爆撃し、東亜の有機物的未来に向って、共同の知嚢をしぼらんとするものであります。文化再出発は、マネキン主義・機械主義から、東亜を絶縁する意味において、その使命をあらゆる運動中の運動たらしめたいと思います。」

つまり、一言にしていえば、われわれは、非政治主義の旗じるしを高くかかげることによって、そのころの政治至上主義的な動向にたいして抵抗をしようと試みたのだ。そして、そこに、われわれの運動の政治性があったのである。東方会の一室に事務所があったので、われわれは――すくなくともわたしは、たえず農民運動や労働運動の指導者たちと接触を保つことができた。わたし自身、地方へ出かけていったこともある。その当時、わたしの知り合いになった人びとのなかには、新潟の野口伝兵衛のように死んでしまったひともあるけれども、大部分は、いまもなお、組合運動の第一線に立って活動しているのだ。さらにまた、われわれは、東方会の講堂をつかって、講座をひらいた。そこで中野秀人のはなしたことは、『中野秀人画文集』（文化再出発の会発行）のなかにはいっているから、そのなかに戦争讃歌らしいものがあるかどうか、一読してみるがいい。わたしのはなしは、その要約が『指導者の素描』という題で『錯乱の論理』（真善美社刊）の初版のはかにはいっている。これもまた、こちらがわの物的証拠の一つとして提出しておきたい。その講座をききにきた人びとのなかには、そのころ、まだ十七か八だった関根弘などもいた。かれもまた、こちらがわの証人の一人にちがいない。だいたい、吉本検事は、最初、表現の責任を追及するとかなんとかいって、戦争中発表された文章だけを問題にしていたのであるが、わたしのばあい、どうもそれだけではうまくいかないばかりではなく、かえってわたしから再生産論などで、猛烈な反撃をくいそうな気配が濃厚になってきたので、ついに窮余の一策として、東方会などをもちだしてきたのであろう。共産党員であるからといって、革命的であるとはかぎらないというかれが、東方会員のほうは、頭から反革命的であるときめてかかって、いささかもうたがわないのだから、あまりにも幼稚である。第二次大戦中、ソ連が、米英に対抗するために、ナチスと提携し、さらにまたその後ナチスと対抗するために、米英と提携したことを忘れてはならない。リアル・ポリチックスの世界では、その種の妥協は、常識にすぎないのであるが——しかし、モラリストの眼には、それが、はなはだ許しがたいことのようにみえるのである。おもえば、わたしのモラリスト批判も久しいものだ。わたしが、『近代文学』派のモラリストたちと、ケストラーの『真昼の暗黒』の評価をめぐって、論争の火ぶたをきったのは、わたしの『さちゅりこん』(未来社刊)のなかにはいっている『鼻説法』以来のことだ。『近代文学』の編集責任者である埴谷雄高が、吉本隆明に、おのれの後継者をみいだしているのは、当然のことというほかはない。

さて、その後、わたしは、『文化組織』の編集をやりながら、木材新聞社からサラリーマン社へ移り、その間に、『復興期の精神』をかいた。そして、昭和十八年、雑誌の統合で、機関誌がなくなってしまったので、わたしは、軍事工業新聞社(現在の日刊工業新聞社)へはいった。それは、軍の直接監督下にある新聞社だった。そこでわたしは、京浜一帯の工場をあるきまわって記事をかいたり、ときには社説をかいたりした。同じ職場には関根弘がいた。無署名であるため、なかなか、データを発見することが困難であろうが――いや、ほとんど不可能に近いことかもしれないが、もしも吉本検事が、わたしの表現の責任を問いたいとおもうなら、わたしの『自明の理』や『復興期の精神』などではなく、右の社説などをとりあげれば、いちばん、便利であろう。参考のため、べつだん、わたしにとっては、有利だとはおもわないけれども、それらの社説のなかから、少々、長いが、『責任の科学性』と題する一文を、つぎにかかげておこう。「目的の実現のためには実現の過程にたいする因果論的な検討が必要であり、また原因と結果とをたどるためには、そのみちびきの糸として、一定の目的が不可欠である。軍需会社法施行以来、社長は生産責任者と呼ばれることになったが、ここにすこぶる遺憾におもわれることは、これらの人びとの多くが、因果の世界と訣別し、もっぱら目的の世界の住人になってしまったのではないかとうたがわれることである。もちろん、これは自己の責任を痛感し、戦争目的の完遂に専念するあまりのことと考えられるが、目的の把握だけで、目的が実現されるものでないことはいうまでもない。実現過程における因果の系列を無視しては何ひとつできるものではない。いかに目的の世界に安住しようと試みても、因果の世界は亡霊のように追いすがる。目的の世界は倫理の世界であり、因果の世界は科学の世界である。すなわち一般に今日の生産責任者は、その道徳的責任の自覚の点では、ほとんど非のうちどころがないであろうが、その責任の科学的認識の点では大いに欠くるところがあるのである。

一例として陣頭指揮をあげる。責任生産量の達成のために陣頭指揮を行うには、当然、基礎的なデータが出そろっており、このデータにもとづいてたてられた科学的な生産計画があり、この計画の実施が生産責任者自身によって命令されていなければならない。生産責任者が陣頭に立つのはそれからのことである。はたして自己の命令が経営の末端にまで浸透しているか否かを、したしくかれはみてまわるのである。大経営における陣頭指揮のありかたは、つねにかかるものでなければならない。しかるに陣頭指揮の現状はこれに反し、データもなく、計画もなく、なんら命令するところもなく、ただ、指揮しようと試みるものの如くである。なにを指揮しようとするのか、当人にもよくわかっていないのではあるまいか。わかるはずがないのである。とはいえ、かかる生産責任者をわらうべきではない。おもうに、かれは自己の道徳的責任をつよく意識するため、中小経営における陣頭指揮を連想し、いささかの準備もなく、いきなり陣頭に立とうとつとめるのではなかろうか。中小経営における陣頭指揮は、それほど複雑な手つづきを要せず、最高指揮者の現場における倫理的感化によって、よく相当の効果をおさめることができる。しかし、大経営においては、そうはいかない。大経営には、大経営としての陣頭指揮があるのである。しからば大経営における生産責任者は、自己の道徳的責任を回避してよいものであろうか。もちろん、否である。いわゆる科学的経営の最大の欠陥は、それが合理主義の産物としてややもすれば道徳的支柱によってつよくささえられていないということである。したがって、生産責任者たるものは、科学的であると同時に、あくまで道徳的でなければならないのである。

なお、最後に問題にしたいのは、生産責任者にたいする政府の態度である。不能率のばあい、責任の所在をあきらかにし、生産責任者の解任を断行していることは、いうまでもなく戦時下における当然の措置である。しかし、そのばあい、政府は、生産責任者の責任を、いかなる観点から追及しているのであろうか。政府もまた、知らず知らず、いっぽんの生産責任者と同様、単に責任を道徳的にのみとらえているのではあるまいか。すくなくとも責任の科学的認識の点においては、なお、すこぶる不十分なものがあるようである。不能率であるとするならば、なにゆえに不能率か、経営の内部へ立ち入り、その原因と結果とを、あくまで仔細に検討すべきである。道徳的責任の所在だけを剔抉《てきけつ》し、その原因のほうは不明のままにしておいたのでは、所詮、能率の画期的増大など期待できないことはいうまでもない。」

わたしは、戦争責任のばあいにも、まず、徹底的に追及されなければならないのは責任の科学性ということだとおもう。しかし、責任の科学的認識にあたっては、データにもとづいて、一歩、一歩、ねばりづよく帰納していく努力が必要であって、そういう手つづきをへて、はじめてそこから実践的なプログラムがひきだせるのである。しかるに、吉本検事の論告は、要するに、『近代文学』流のヒューマニズムを、擬科学的な言辞によって粉飾しただけのものではないか。じゃア、どうしたらいいんだと反問されても、さっぱり、どうしていいか当人にも見当のつかないといったようなたよりない戦争責任の追及者に真面目に同感するような人物は、埴谷雄高のような典型的なユートピアンだけであろう。もっとも、吉本隆明はあくまで検事として終始し、埴谷雄高のように、公平無私な裁判長面をしないだけでも、まだマシかもしれない。埴谷雄高は、敵を味方に転化する、といったようなあまい空想にふけっているようであるが、わたしは、敵か味方かわからないような連中よりも、さらにまた、味方のような顔をした敵よりも、敵としてハッキリしているやつのほうが、はるかに好きだ。「このつめたい戦争は、あたらしい敵をつくりだしつつある。その敵とは、われわれにとっては、コンミュニズムよりも悪く、コンミュニストたちにとって自由の原則よりも危険な思想をもつ、第三の個人のグループだ。」というホストウヴスキーの『真夜中の忍耐』のなかのアメリカの諜報部長の言葉は、わたしには、すこぶる切実なひびきをもつ。カフカの『審判』のかわりに、ホストウヴスキーの右の原作をとりあげて、クルウゾオの映画化した『スパイ』は、中立主義的であるという批評をフランスでは受けたということであるが——しかし、その映画のなかにぞろぞろ登場するスパイたちは、たいてい、ダブル・スパイであって、すこしも中立主義的ではない。かれらは、アメリカのあたらしい敵であると同時に、ソ連のあたらしい敵でもあるのだ。埴谷雄高をはじめとする『近代文学』の連中は、あきらかにこの「第三の個人のグループ」に属している。近ごろそのなかの一人が、文部大臣から賞をもらったというので、同人一同でお祝いをしたということであるが、いまの日本の政治家たちの眼には、どうやらまだあたらしい敵のすがたが、敵として、ハッキリと認識されてはいないらしい。それとも文部大臣は、ハッキリとした認識の上に立って、埴谷雄高と同様、敵を味方に転化させようと試みているのであろうか。

＊『季刊現代芸術』3　一九五九年六月、原題「ノーチラス号反応あり」

ものぐさ太郎

むかし、信濃《しなの》の国、つるまの郡《こおり》、あたらしの郷《さと》というところに、ものぐさ太郎ひじかすという不思議な男がいた。無類のものぐさで、竹を四本たて、コモをかけた小屋にゴロリと寝ころんでいた。金がないから商売するということもなく、物をつくらないから食べるものもない、いつもゴロリと寝ころんでいるだけのことであって、まあ、いってみれば乞食みたいなもの——いや、乞食そのものということになるかもしれないが、当人にはそんなつもりは、いささかもない。ただ、働かないだけのことである。わたしは、これから、この男のはなしを、『御伽草子』に即して、できるだけ忠実にかいてみようとおもうのであるが、——しかし、はたして結末のめでたしめでたしのところまでたどりつけるかどうか、わたしには、まったく自信がないのである。じつをいうと、わたしは、ずっと以前から、そんな計画をもっていたのであるが、それがいまにいたるまで、ついのびのびになってしまったのは、むろん、わたし自身が、われわれの主人公と同様、無類のものぐさで、いつもゴロリと寝ころんでいたからであった。もっとも、このゴロリと寝ころんでいるという精神——それは、ラ・フォンテーヌの寓話のなかに登場する働き者の蟻の精神からは、むろん、遠いが、さればといって、夏じゅう歌いくらし、秋になって蟻のところへ無心にいく、怠け者の蟬の精神ともちがうような気がしてならない。蟻がブルジョアなら、蟬は貴族。どちらも、いまとなっては時代おくれな存在であるが、われわれの主人公には、あきらかにウルトラ・モダンなところがあるようにおもわれる。いつもゴロリと寝ころんでいるといえばいかにも怠け者のようであるが、いつもポンと自分自身を投げだしているといえば、いくらか実存主義者に似ているではないか。怠けるということと、働かないということとは、ハッキリ、区別しなければならない。前者は不決断のあらわれであるが、後者には、断乎たる抵抗の精神がみとめられる。竹を四本たて、コモをかけた小屋だといえば、いかにも乞食のすまいにちがいないが、単純化と機能化という近代建築の基本的原則を、もっともプリミティヴなかたちで生かした建築だといえば、まんざら、すてたものでもなかろう。

しかし、そういった事情は案外、いっぱんには気づかれていないのではあるまいか。ついせんだって——といっても、もう二、三年もまえのことであるが、一緒に街をあるいていたとき、わたしは、岡本太郎にむかって、わたしにものぐさ太郎の話をかく計画のあることをしゃべったことがある。するとそれまで、いつものように元気いっぱいに談論風発していたわたしの友だちのアヴァンギャルド画家が、突然シュンとなってしまって、「そいつが、ぼくの弱点なんだ。誰にもいわないけれども、小さいときから、ぼくは、たいへんな怠け者で、いまだって一日の大部分は、ベッドの上で、これではいけない、これではいけないと歯がみをしながら、ゴロゴロしているんだ」と告白したのにはおどろいた。歯がみをする？　どうして歯がみなんかする必要があるのだろう。それは、かれが、おなじ名前だというので、われわれの主人公にたいして、なにか奇妙なコンプレックスをもっているためだろうか。それとも少年時代からフランスへいっていたので、ラ・フォンテーヌの影響をうけすぎているためだろうか。あるいはまた、かれの対極主義が、必然にかれを、働き者のかれと、怠け者のかれとに分裂させているためだろうか。しかし、わたしのみるところでは、かれは、いささかブルジョア化したものぐさ太郎というにすぎない。その証拠には、歯がみをするにせよ、しないにせよ、かれもまた、竹のかわりにコンクリートの柱を四本たて、コモのかわりにシリンダー・シャーレを採用したブロック建築のすまいのなかで、いつもゴロリと寝ころんでいるではないか。

しかし、まあ、そんなことはどうでもいいのだ。とにかく、われわれの主人公は、ゴロリと寝ころんでいた。もう一度、くりかえすなら、金がないから商売をするということもなく、物をつくらないから食べるものもない。いつもゴロリと寝ころんでいるだけのことであって、一見しただけでは乞食に似ているが――いや、乞食そのものということになるかもしれないが、当人には、そんなつもりは、すこしもない。ただ、働かないだけのことである。あるとき、ひとりのお婆さんがそこを通りかかった。四、五日、なんにもたべないので、われわれの主人公は、すっかり、カラカラにひからびて、まるで棒鱈みたいにころがっていた。そこでお婆さんは、おやまあ、かわいそうに、さぞ腹がへっていることだろうとおもって、餅を五つ置いていった。われわれの主人公は、これはしめたと、そのなかの四つを、たちまちペロリとたいらげてしまったが、それでもう十分、満腹してしまったので、残りの一つを手にとって、仰向けになったまま、胸の上ではじいてみたり、鼻のあぶらをつけてみたり、ちょっと舌でなめてみたりしてオモチャにしていた。ところが、頭の上へのっけたひょうしに、餅のやつ、ころころころと、道のほうまでころがっていってしまった。われわれの主人公は、餅のおちついたさきへ視線を投げたが——しかし、起きあがってとりにいくのもめんどうくさいので、いつか人が通りかかったらとってもらおうと思案して、手もとにあった竹のさおで、餅をねらう犬や烏をおっぱらいながら、三日のあいだ、ひっそりと待っていた。

たぶん、このようなわれわれの主人公の心のうごきは、ツァーリ・ロシアの有名な怠け者、オブローモフのそれに一脈通じるものがあるようにみえるかもしれない。しかし、ゴンチャロフの『オブローモフ』は、要するに、ラ・フォンテーヌの『蟻と蟬』とおなじ観点にたってかかれているのだ。あの小説は、文庫本で千ページ以上もあるが——そして、もうそれだけでも、作者自身が、まぎれもない蟻の仲間で、蟬の一味を断罪しようという意気にもえたっていることがうかがわれるが——しかし、また同時に、それは、かれが、われわれの主人公のような人物を、まったく念頭においていないということを、あきらかに物語ってもいるのだ。ブルジョアの立場から貴族を攻撃しているかれの視野には、労働者も農民もはいってこない。したがって、かれには、かれらの理想の人物が、働き者ではなく、怠け者だということが——いや、いっそう正確にいうならば、われわれの主人公のような働かない者だということが、全然、理解できないのである。『オブローモフ主義とはなにか』という評論をかいて、オブローモフに、一八四〇年代のロシアの知識人の典型をみいだし、オネーギンも、ペチョーリンも、ルージンも——つまるところ、それまでのロシアの小説に登場したあたらしいタイプの主人公たちは、ことごとく、オブローモフの一変種以外のなにものでもないときめつけ、かれらの静寂主義をめちゃめちゃにコキおろしたドブロリューボフのような批評家もまた、むろん、われわれの主人公とは縁がない。『御伽草子』のなかにあるものぐさ太郎の話は、あるいは谷崎潤一郎が、『懶惰の説』のなかで述べているように、室町末期、当時の没落貴族の一人が、作者自身、ものぐさな生活をしながら、退屈まぎれにかいたものかもしれない。しかし、柳田国男が『桃太郎の誕生』のなかで指摘しているように、われわれの主人公は、厚狭《あさ》の寝太郎、奥州の大工の長五郎、馬喰八十八、沖縄の睡虫《ねむりむし》などとともに、ずっと昔から民話のなかで語りつたえられてきた人物であって、いわば、ゴロリと寝ころぼうとおもっても、ぜったい寝ころぶヒマのない、大衆のあこがれの象徴だったのである、とにかく、われわれの主人公が、たいして高貴のうまれではなかったということは、餅が五つ手にはいれば、そのうちの四つを、さっそく、むしゃむしゃと大いそぎでのみこんでしまうというようなかれの行為にもあらわれている。わたしなんかも、相当、ガツガツしているほうであるが、これは、わたしに、われわれの主人公と同様、いつ食べものにお目にかかれるかどうか、ハッキリ、断言できないような一時期があったからだろうとおもう。いや、過去形で語るのはよそう。いまだって、わたしの生活状態は当時にくらべて、いささかも本質的な意味において改善されているわけではないのだ。たとえば、この話をかくのを中止して、ゴロリと寝ころんでしまうなら――いや、そんなことを考えるのはよくない。要するに、ここでわたしの一言したかったことは、オブローモフのものぐさと、われわれの主人公のそれとはちがうという自明の事実だけだ。わたしは、どんどん、このはなしをすすめていかなければならない。しかし、それにしても、毎日、たらくふたべているオブローモフよりも、たまにたべものにありつくわれわれの主人公のほうが、はるかに胃拡張にかかる公算が大きいとは、なんという皮肉だろう。

さて、われわれの主人公は、道の真中へころがっていった餅をながめながら、ひろってくれる人の通りかかるのを、三日のあいだ待っていた。そして、ときどき、手もとにあった竹のさおで、餅に関心をもつ犬や鳥をおっぱらっていた。この犬や鳥をおっぱらっていたという行為をとらえて、そんなことをするよりも、ちょっとおきて餅をひろってきたほうがエネルギーの支出がすくなくてすむのだから、われわれの主人公は、ただ、単にギルヴレスふうの動作研究を試みなかっただけのことであって、本来、ものぐさではなかったというような説もあるが、ぜったいにわたしには承認しがたい。さきにもいったように、ゴロリと寝ころぶという精神は、抵抗の精神であって、なんら無関心、無気力、不決断を意味するものではない。サボタージュやストライキにおけるエネルギーの浪費は、莫大な量にのぼるだろうが――しかし、それにもかかわらず、労働者階級は、みずからの生活条件を防衛するために、すすんでそれらの闘争手段を採用するではないか。

やっと人がやってきたが、今度は親切なお婆さんなんかではなく、およそそれとは正反対な非情冷酷で名のとおっている男――このあたらしの郷をおさめている地頭《じとう》で、あたらしの左衛門《さえもん》の尉《じょう》のぶよりという人物だった。鷹狩にいくところとみえて、家来に、鷹をもたせ、五、六十騎をしたがえていた。しかし、じつをいうと、この鷹狩というのは、うわべだけで、かれは、自分の領内に奇妙な男がいて、まるでかれの権力など眼中にないといったような顔つきをして、いつもゴロリと寝ころんでいるというウワサをきくやいなや、むしょうに腹がたってきて、わざわざ、われわれの主人公をみるために、馬をとばしてきたのである。そして、向うの出かたしだいでは、ナワをうって牢屋へひっぱっていくか、そのばで斬ってすてるかするつもりだった。当時は乱世であって――いや、いまだって、結局、おなじことであるが、いっぱんに、支配階級は、活用のできない人的資源は、その他の遊休施設と同様、スクラップにしてしまうことに、なんらのためらいも感じなかった。しかし、地頭とわれわれの主人公との対決は、意外な結果におわってしまった。意外な結果？　いや、考えようによっては、それは、意外な結果でもなんでもないかもしれない。支配階級にたいしていささかも恐怖の念をいだかず、その眼のまえで、ゴロリと横になっている度胸さえあれば、いつもそんな結果になるのかもしれないのだ。周知のように『プルターク英雄伝』には、アレキサンダー大王が、哲学者のディオゲネスを訪問して、「先生のために、なにか、わたしに、してさしあげられるようなことがないでしょうか」とたずねたら、ちょうど日なたぼっこをしていた哲学者が、「日かげにならぬように、すこし傍《わき》へどいてください」と答えて、大王を呆然自失の状態におとしいれたというようなことがかいてある。むろん、われわれの地頭は、アレキサンダーほどスケールの大きい人物ではなく、われわれの主人公もまた、ディオゲネスのような犬儒派ではなかったが——しかし、『御伽草子』のつたえるところによれば、われわれのばあいにも『プルターク英雄伝』のばあいと、ほとんどおなじようなことがおこったのである。地頭は、ひらりと馬からとびおりると、われわれの主人公のほうへあるいていった。こちらは、大勢の武士が近づいてきたので、すこしからだをおこして、かれの視線を地頭にむかってそそいでいた。以下、二人の対話を原文に即してかいておこう。

「世間に名だたるものぐさ太郎とは、おまえのことか」「そうです。世間に二人といないようですから、わたしのことでしょう」「ところで、おまえは、どうして生きているのかね」「人がものをくれたときは、なんでもたべ、くれないときは、四、五日でも十日でも、じっとすき腹をかかえているばかりです」「なぜ働かん？　土地をやるから、百姓をしたらどうだ」「できません」「それでは、金をかしてやるから、商売をしてみるか」「できません」「ふうん、手のつけようのないものぐさだな。そうすると、おれにお願いするようなことはなんにもないな」「あります。あなたの足もとにおちている餅をひろってください」

現代語訳では、やはり、感じがでないので、対話の引用は、これくらいでやめておくが、このわれわれの主人公の答をきいて、バカだとか、無礼なやつだとかいって、ののしりさわぎはじめた家来共を制しながら、われわれの地頭は、「おれが、もしあたらしの左衛門の尉でなかったなら、ものぐさ太郎になりたいねえ」といった。そして素直に餅をひろって、われわれの主人公の前へおき、家来一同をひきつれて、砂ぼこりをたてながら、帰っていった。まことに竜頭蛇尾とはこのことであるが、かれは、ひどく腹をたてて出てきたにもかかわらず、われわれの主人公のゴロリと寝ころんでいるすがたをながめているうちに、しだいに相い手がうらやましくなり、その徹底した生活態度に畏敬の念のようなものをおぼえたのだ。この事件があって以来、われわれの主人公の名声は、いちだんとたかまった。そして、かれのところへ村人のはこんでくれるたべものの量もふえた。ときどき、酒をもってきてくれる人さえあった。そして、またたくまに、三年の月日がたった。

それは、われわれの主人公の生涯のうちで、比較的幸福な三年間であった。幸福な？　いや、幸福かどうかわからないが、すくなくとも餓えないですんだ三年間であった。わたしもまた、自分の一生をふりかえってみると、そんな時期がないでもない。それは、わたしが、鹿児島の高等学校の寮の一室に、ゴロリと寝ころんでいたころだ。たべものは豊富だったが——しかし、わたしには、多少の不安がないでもなかった。なぜなら、わたしは、制服をきたまま、寮の一室にゴロリと寝ころんでいるだけのことであって、教室へは出かけたことがなかったからだ。そのころ、その学校では授業開始の合図にラッパをふいた。チテチテター、トテチテチテターといったような音をきくと、みんなわさわさとおきだして、あたふたと教室へ出かけていく。すると、そのひっそりした寮のなかでゴロリと寝ころんでいるものは、いつもわたし一人になるのだ。ときどき、わたしもまた、ラッパの音とともにおきた。しかし、そんなときでも、わたしの足は、教室の方へはむかわず、学校の裏手にある城山のほうへむかった。空は青かった。樟《くす》の葉は、さらさらと鳴っていた。そして、わたしの前には、桜島が、海のなかから、すっくとばかりにそびえたっていた。わたしは、城山の頂上にゴロリと寝ころんで、時がたつにつれて微妙に変化していく、桜島のかたちやいろあいに、うっとりとながめいっていた。しかし、わたしの牧歌時代は、われわれの主人公のばあいよりも、一年はやく終止符をうたれてしまった。わたしは、二年目のおわりに学校から除名された。もっとも、その二年のあいだに、わたしのものぐさが、全寮生の羨望のまとになったことが、ただ一度だけある。それは、わたしの寮が火事で焼けてしまったときのことだ。真夜中に発火したので、制服をきたまま、ゴロリと寝ころんでいたわたし一人をのぞいて、焼けだされた連中は、ことごとく、寝巻一枚でふるえていた。あのときぐらい、痛快な気のしたことはない。たぶん、そのためであろう。いまだにわたしは、寝巻というものをきたことがないのだ。

閑話休題。わたしは、われわれの主人公の話へ帰らなければならない。さて三年たって、春もようやく去ろうというころ、二条の大納言ありすえという信濃の国司から、あたらしの郷にむかって「ながぶ」というものをさしだせといってきた。これは大納言の京都にある屋敷へ、何ヵ月か人夫にとられる役目なので、村人は誰もいきたがらない。よりより相談の結果、とうとう、われわれの主人公にいってもらおうということにきまった。われわれの主人公は、どうせゴロリと寝ころんでいるのなら、どこで寝ころんでいたっておなじことだとおもって、さっそく、承諾した。そこでこれから、いよいよ、われわれの主人公の都会生活がはじまるのであるが——しかし、その話にはいる前に、二、三、考えておかなければならない問題がある。なぜなら、田舎から都会へ舞台が移ると同時に、われわれの主人公の性格が、一見、はなはだ唐突に、従来のものぐさから、すこぶる活動的なものに変ってしまうからだ。さらにまた、われわれの主人公は、都会の文壇で一躍名をなすことになるのであるが、田舎にいるときには、筆一本にぎったことのないものぐさだったのだから、ちょっと信じられないというような説もある。その他、「物ぐさ太郎、我が国信濃にては、山岩石をこそ歩き習いたれ、かように油さしたる板の上をば歩きならわず、こなたかなたと辷《すべ》り参りけり」というような一節をとらえて、ゴロリと寝ころんでいたやつが、「山岩石」をあるきつけていたはずはない、といっていきまくような字句拘泥派も、まれにはないではない。つまり、一言にしていえば、『御伽草子』の記述には、前後矛盾した箇所が非常に多いという見かたが、いっぱんに流布しているのだ。そして、その原因についても、それを単に作者の幼稚さに帰するもの、われわれの主人公の分裂性性格に求めるもの、あるいは、民話のなかの「まめ祖《じじ》」と「物ぐさ祖」とが一つにまとめられているせいだとみるもの、等々、さまざまな解釈があるが、わたしは、そのいずれにたいしても否定的なのだ。なぜなら、わたしのみるところでは、われわれの主人公の性格は、終始一貫ものぐさで、いっこう、途中で変化しているとはおもえないからだ。かれが、都会においても、ゴロリと寝ころんでいたことに疑問の余地はない。しかし、都会では、田舎にいたときのように、おやまあ、かわいそうに、さぞ腹がへっていることだろう、などと同情して、餅を置いていってくれるような奇特なお婆さんは、ほとんどみつからばならない。したがって、都会におけるかれが、田舎におけるかれよりも、いくらか活動的にみえるとすれば、それは、かれが、いわば、ストライキを続行するために、行商のようなことをやらなければならなかったためにちがいないのだ。

われわれの主人公と同様、わたしもまた、京都にいた。北白河の下宿でも餓えなかったとはいわないが、やはり、本格的な飢餓を経験したのは、東京にきてからだ。大都会の真ん中で餓えるのは、まことに苦痛である。水道の料金をはらわないと、容赦なく、水をとめられてしまうからだ。二十年前、わたしは、銀座の近くで餓えていた。相い変らず、わたしは、ゴロリと寝ころんではいたが、それでも、ちょい、ちょい、おきあがって、『血液の粘稠度』という翻訳をやっていた。翻訳は、遅々としてはかどらなかった。のみならず、翻訳を依頼した医者は「きみの文章は意味がわからない」という。むろん、相手にわかるはずがない。なにがかいてあるのであるか、わたしにも、さっぱり、わからないのだ。しかし、わたしは、ジロリと相手をみていう。「流体力学はむつかしいからな。どこがわからないのです」当時、わたしは、その博士志望の町医者の無学をあわれにおもったが、いまから考えてみると、あるいは、相手もまた、こちらをあわれにおもい、あえて博士論文のデータにつかう、その翻訳をことわらなかったのかもしれない。しかし、わたしは餓えていた。水ばかりのんでいた。そして、しばしば、その水さえとめられるはめにおちいっていた。戦争中にも、むろん、餓えたが——しかし、あの当時ほど、飢餓を痛感したことはない。水をのんで散歩にでると、銀座には食べものが氾濫しているのだ。クヌート・ハムズンの『飢餓』の主人公はカンナくずをくっていた。しかし、銀座には、カンナくずなど落ちていない。パール・バックの『大地』の主人公は、泥をすするが、銀座には泥さえないのだ。

ドアが廻転し、満腹した人々が、ゾロゾロとレストランから吐きだされてくる。酒に酔って鼻歌をうたっているやつさえある。後年、わたしが『モンパルナスの夜』という映画のなかで、インキジノフの扮した孤独な学生をみて感動したのは、そのころの記憶のためかもしれない。わたしもまた、かれのように、群集のなかにあって、孤独であった。しかし、わたしは、かれのように、恋人たちを羨望したりしなかった。わたしは、ひたすら餓えていた。そして、翻訳の途中に出現したマックスウェルの公式などに屈託していた。

むろん、わたしは、アムステルダムの町を散歩しながら、オランダ人について、かれらのいっさいの喧騒は、わたしにとって、小河のざわめきにすぎない、といったデカルトのように、孤独の状態にあって自足していたわけではない。正直なところ、わたしは、それほど落着きはらって、ゆうゆうと散歩している気になど、とうてい、なれなかった。そうだ。あの当時、わたしの念頭をたえてさらなかったのは、マックスウェルの公式なんかではない。水道の蛇口だった。散歩にでるときまで、たしかに水は、蛇口からしたたりおちていたが、はたしていまもなお、つつがなく落ちつづけているだろうか。そんな疑念が胸中にわきおこると、もう銀ブラどころの騒ぎではなくなった。

『ヴィルヘルム・マイステル』のなかかなにかで、ゲーテは、涙にぬれたパンをたべたことのない人は、ともに語るにたらぬ、とかなんとかいっていたが、いかにも特権階級らしい言葉である。かれは、まだ、飢餓の初心者にすぎないとわたしはおもう。かれにくらべると、他人の階段はのぼるのにツラいといったダンテのほうが、わたしには、まだしも飢餓のなんたるかを心得ていたような気がしてならない。そのころ、わたしにもまた、まんざら、銀座に知人がいないわけでもなかった。わたしの家もまた、かれらがみつけてくれたのである。かれらは、看板屋だった。もっとも、看板屋といっても、ただの看板屋ではない。看板の注文をとると、かれらは、銀座を散歩して、どこかの商店から、適当な看板を、コッソリはずしてくる。そしてそれを塗りかえてうるのである。銀座には、看板が、たくさんある。したがって、かれらは、材料には、全然、不自由しないのだ。しかし、いま考えてみて、不思議でならないのは、にもかかわらず、かれらもまた、わたしと同様——いや、わたしほどではないにせよ、やはり、餓えていたようだ。かれらは、ときどき、わたしの家へ遊びにきたが、あるとき、自分たちは嫌いだからといって、わたしに、オートミールの大罐を二つくれたことがある。わたしが、大衆の親切のいかなるものであるかを知ったのは、かれらからであった。しかし、それだけにまた、たびたび、こちらから訪問することは、はばかられた。

ところで、ここらで、もう一度、閑話休題ということになるわけであるが——しかし、一日でこの話をでっちあげようと考えたのは、いささか無理だったようだ。あらためてわれわれの主人公にご登場ねがうよりも、もう一つ閑話をかいておしまいにしよう。ちょうど銀座で餓えていたころ、わたしは、朝鮮人のジャーナリストの李享求の依頼をうけて、ひとりぼっちで満洲へいった。やはり、今日みたいなやけつくような暑い夏の日、わたしは、サンパンにのって、遼河をさかのぼっていった。ひろびろとした河の両岸は、みわたすかぎりの砂原で、しかもその砂のなかには無数の蟹が住んでいて、砂原全体が、たえずブクブクと泡だっているのが、たいへん、めずらしかったのをおぼえている。それからわたしは、護衛のロシア人たちが、鉄砲をかついであるきまわっているちっぽけな汽車へのりかえ、停車場もなにもない、熱気でむせかえっている大平原のただなかで下車した。それからわたしは、テクテクあるいて――いや、こんなくだくだしい前置きをするのは、そのとき、わたしの日本にたいしていだいていた断絶感を、ほんの少しでもわかってもらいたいためにほかならないが――ようやく、わたしは、わたしの目的地である朝鮮人のコロニーへたどりついた。そして、そこの小学校で、オルガンにあわせて、朝鮮人の子供たちによって合唱される、あの古い歌の文句をきいたのである。

「シバかり、ナワない、ワラジをつくり……」

わたしは、一種異様な印象をうけないわけにはいかなかった。このぼうぼうとして無限にのびひろがっている大平原のどこにシバをかる山があるというのだろう。この水田もない、稲もない――したがってまた、ワラたば一つみつかりそうもない、ひからびきった土地で、どうしてナワをなったり、ワラジをつくったりすることができるというのだろう。いったい、この日本の働き者の歌を無心に歌っている朝鮮人の子供たちは、いっぺんでも、ワラジというものをみたことがあるのだろうか、とわたしはおもった。その後、あくせくと働いている連中をみていると、わたしの記憶の底から、あのときにきいた歌ごえが、しばしば、よみがえってくる。いまもまた、そうである。ゴロリと寝ころぶという精神を、もっと納得のいくように説明するためには、もっとあくせくと働かなければならないのかもしれないが――しかし、わたしは、むしろ、ゴロリと寝ころぶという行為のほうをえらぶことにしたい。

＊『群像』一九五五年一〇月号初出、『乱世をいかに生きるか』（前出）に収録

現代史の時代区分

現代史の時代区分について考えるとき、わたしは、きまって宮本百合子の『道標』をおもいうかべる。『道標』が、一九二七年から一九三〇年にいたるソヴェト・ロシアを中心とするかの女の外国旅行をあつかっていることは周知のとおりであるが、宮本顕治のその小説の『あとがき』によれば、本来、それは、かの女の病死のため、ついにかかれなかった「春のある冬」、「十二年」という二つの小説と三部作をなすものであって、「春のある冬」においては、一九三一年から一九三三年にいたる日本の革命運動にたいするかの女の参加が――「十二年」においては、一九三四年から一九四五年にいたる戦争中のかの女の抵抗が、それぞれ、とりあげられる予定だったということである。わたしは、まず、その三部作の大きな構想に敬意をはらわないわけにはいかない。『道標』が、ほぼ三千枚の量だったとすれば、完成のあかつきには、たぶん、その三部作は一万枚近くの大長編になっていたであろう。しかし、また、それと同時に、わたしは、たとえ一万枚をつかったにしても、『道標』において提起されたようなさまざまな問題が、はたして「十二年」において、まがりなりにも解決をみたかどうか、いささか疑問なきをえないのだ。いったい、その三部作の構想は、いつごろにたてられたものであろうか。時代区分が、歴史を統一的＝体系的にとらえるための不可欠の手段であり、しかも区分者自身の置かれている状況に深くかかわる主体的な問題である以上、第一部において一九二七年から一九三〇年、第二部において一九三二年から一九三三年、第三部において一九三四年から一九四五年、といったような宮本百合子の区分の仕方には、案外、作者としてのかの女の限界のようなものが示されているのかもしれないのだ。つまり、一言にしていえば、わたしは、一九二七年の――すなわち、十年たったあとのロシア革命との対決からはじまっているその三部作を、一九四九年の中国革命によってではなく、一九四五年の日本の敗戦によっておわらせようとしたところに、すこぶる竜頭蛇尾的なものを感じないわけにはいかないのである。世界史の動向を決定したロシア革命や中国革命に比較すれば、そもそも日本の敗戦など、とるにたりない一些事にすぎないではないか。

『道標』には、ちょっとそんなことをいってみたくなるほど、スケールの大きなところがあり、作品全体がインターナショナルなセンスによってつらぬかれている。それは、かならずしも作者が、モスクワにおいて、毎夜十二時、クレムリンの時計台からうちならされるインターナショナルのメロディに耳をかたむけていたためばかりではなかろう。あらためて読みかえしてみたわけではないが、『道標』のなかにとらえられているロシア革命後十年目におこったいろいろな事件は、げんにわれわれの周囲において、中国革命後十年目におこりつつあるいろいろな事件に正確に対応しており、たとえば冒頭に登場する、四面楚歌の声をあびながら、政府機関のなかに踏みとどまっている、トロツキストの一人、カーメネフ夫人の悲痛なすがたにしても、鋲をうった大きな靴をはいたまま、ながながとよこたわっている、自殺したマヤコフスキーの遺骸にしても、あるいはまた、おわりのほうにあらわれて、小ブルジョア的な女主人公にむかって革命への道を指し示す、老いた虎のような片山潜の風貌にしても、すべてなまなましいアクチュアリティをもって、われわれにたいして迫ってくるのだ。もっとも、さきにもいったように、そこでそれらの問題が——トロツキズムの問題、アヴァンギャルド芸術の問題、世界革命の問題、等々が、みごとに解決されているというのではない。クレムリンの時計台からひびいてくるインターナショナルのメロディが、ホテル・パッサージの二重窓のガラスをとおして女主人公の耳にたっしたように、われわれは、その若い女主人公の眼をとおして、それらの問題の所在を知るにとどまり、解決は、すべて遠い将来におけるかの女の精神的な成長にゆだねられているようにみえる。むろん、わたしは、『道標』をかいていた当時の作者の成熟した眼と、その女主人公の幼稚な眼とを混同するものではない。しかし、くりかえしていうが、わたしは、かの女が、その三部作を、「十二年」でおわらせようとしたところに、かの女の一歩後退を——革命中心のものの見かたから、たとえそれが反戦的なものであるにせよ、戦争中心のものの見かたへの移行をみとめないわけにはいかないのだ。そして、そういうものの見かたの上に立っていたのでは、とうてい、『道標』において提起されたようなさまざまな問題は、かの女自身の手によっては解決されなかったのではなかろうかとおもうのだ。もしかすると、その三部作の構想は、一九四九年以前にたてられたのかもしれない。しかし、わたしには、そういうかの女のものの見かたは、『道標』のなかでも——たとえばヴェルダンの第一次大戦の戦跡をおとずれたさいのかの女の異常な感動ぶりなどにも、すでに萌芽のかたちであらわれているような気がしてならないのである。

もっとも、そのために、かえって、『道標』は、多くの読者に読まれているのかもしれない。なぜなら、二十世紀における歴史のながれを、二つの戦争によって——つまり、第一次大戦と第二次大戦とによって区分するか、二つの革命によって——つまり、ロシア革命と中国革命とによって区分するかということになれば、われわれの周囲においては、疑いもなく、前の区分のほうが、後のそれよりも、はるかに一般化しているにちがいないからである。たとえば『昭和史』（岩波新書）の執筆者は、旧版においても、新版においても、『はしがき』のなかで、つぎのような言葉をくりかえし述べている。「とりわけ執筆者が関心をそそいだのは、なぜ私たち国民が戦争にまきこまれ、おしながされたのか、なぜ国民の力でこれをふせぐことができなかったのか、という点にあった。かつて国民の力がやぶれざるをえなかった条件、これが現在とどれだけ異なっているかをあきらかにすることは、平和と民主主義をめざす努力に、ほんとうの方向と自信とをあたえることになるだろう」と。むろん、わたしは、宮本百合子が、「十二年」において、インターナショナリズムの立場からナショナリズムの立場へ移行し、右の執筆者のように、「国民」というようなものにアクセントを置いて発想したかもしれないとはすこしもおもわないが——しかし、その小説のライト・モティーフは、『昭和史』のばあいと同様、つぶさにみずからの体験をふりかえることによって、第三次大戦の勃発をふせぐための条件をあきらかにすることにあったのではあるまいかと考えないわけにはいかないのだ。かりにそうだったとすれば、かの女は、かつてE・H・カーが、『危機の二十年』のなかで試みたように、一九一九年から一九三九年にいたる平和時代を——すなわち、第一次大戦がおわり、第二次大戦のはじまるまでの二十年をとりあげるべきであって、「十二年」におけるがごとく、はなはだ首尾一貫性を欠いた態度で、一九三四年から一九三九年にいたる戦争前の六年と、一九四〇年から一九四五年にいたる戦争中の六年とをとりあげるべきではなかったのだ。もっとも、こんなことをいうからといって、べつだん、わたし自身は、カーのいわゆる「危機の二十年」といったような区分にたいして賛成しているわけではなく──いや、賛成どころか、その種の区分を、今日、そのまま、踏襲することによって、一九四六年から一九六〇年にいたる第二次大戦後の一時期に、第一次大戦後と同様の危機をみいだしている連中に、なにより反対しなければならないとおもいこんでいるのである。

一九二九年の大恐慌をさかいにして、前半の十年は、第一次大戦の亡霊によってなやまされ、後半の十年は、第二次大戦の幻影によっておびやかされ、過去と未来とのはさみうちにあって、一刻も危機意識と手をきることのできなかったのが、いわゆるロスト・ゼネレーションというやつであるが──しかし、もしもかれらが、歴史のながれを、前門の虎、後門の狼といったぐあいに、それらの二つの戦争によってきりとらずに、逆にそれらの二つの戦争に終止符をうった二つの革命によって──つまり、ロシア革命と中国革命とによってきりとっていたならば、依然として危機意識にはつきまとわれていたにしても、かれらの「冬」の時代を、宮本百合子のいったように、「春のある冬」の時代として受けとることができたのではなかろうか。すくなくとも一九一九年から一九三九年にいたる「危機の二十年」のかわりに、一九一八年から一九四八年にいたる「危機の三十年」をとりあげた人びとが、前半の十五年を、ロシア革命の急速な発展によって勇気づけられ、後半の十五年を、中国革命の不断の胎動によって希望をあたえられ、過去と未来とによってささえられながら、確信をもっておのれの道をあるきつづけたであろうことに疑問の余地はないのだ。そして、さらにまた、わたしには、歴史のながれを、前のような時代区分の上に立ってふりかえるよりも、後のような時代区分の上に立ってふりかえったほうが、はるかにみのりゆたかな未来への展望をもたらすであろうという気がしてならないのである。宮本百合子は、中国革命の実現を確信していた。『道標』のなかには、未来の中国革命のにない手たちのすがたが――断髪をした頭の上に鳥打帽をかぶった、モスクワの孫逸仙大学に来ている、たくさんの中国の女学生たちのけなげなすがたが、生きいきととらえられている。にもかかわらず、なぜかの女は、かの女の畢生の大作を、一九四五年でうちきろうとしたのであろうか。しかし、いま、ここで、そのかかれなかった作品について、あれこれと臆測をたくましゅうしてみたところではじまらない。そして、そんなことは、じつは、どうでもいいことかもしれないのである。とにかく、一九四九年、中国革命は実現したのだ。問題は、一九五〇年からはじまったあたらしい一つの時代に、いつ、どこで、われわれが、区ぎりをつけるかということだ。しかし、そのさい、忘れてはならないことは、われわれの周囲には、そういう時代区分ではなく、もう一つの時代区分を――すなわち、一九四六年にはじまり、一九六〇何年かにおわる、E・H・カー流の時代区分を、あざやかに頭に描いている無数の人びとがいるということだ。そして、もしかすると、かれらはかれらなりに、一九五〇年を、やはり、わたしと同様、画期的な年であると考えているかもしれないのである。

さきにあげた『昭和史』の略年表の一九五〇年の事項には「コミンフォルム、日本共産党を批判(一月)。中ソ友好同盟条約調印(二月)。原爆禁止のストックホルム・アピール発表(三月)、共産党中央委員追放。朝鮮戦争おこる(六月)。警察予備隊設置指令。総評結成。レッド・パージはじまる(七月)。追放解除はじまる(十月)」とある。これでは一九五〇年に、あたらしい革命の時代の出発点をみるよりも、むしろ、あたらしい反革命の時代の出発点をみたほうがよさそうであり、さらにまた、ここで、一九四五年八月一五日以来つづいてきた、いわゆる「戦後」のほうも、束の間のインディアン・サンマーをたのしむひまもなく、わずか五年で、あっさり、その到着点にたっしてしまったかのようにみえる。しかし、はたしてそうか。佐々木基一は、『郷愁の時代』(『群像』三十五年五月号)のなかで、とくに右の事項のなかから、コミンフォルムによる日本共産党批判をとりあげ、それが、スターリン批判やポーランドやハンガリーの事件などにさきだって、共産党の権威を、こなみじんにうちくだくことによって、左翼のあいだには思想的な混乱を――右翼のあいだには一種の解放感をもたらした点を強調し、したがって、一九五〇年は重要な年であるといって、それ以来、その解放感につつまれながら、不偏不党の批判者のようにふるまってきた竹内好や、かれにつながるいわゆる戦中派のナショナリストたちを、インターナショナリズムの立場から、しんらつに批判した。わたしは、佐々木基一のその批判には、ことごとく賛成であるが――しかし、ただ一つ、疑問におもうのは、かれが、一九五〇年からはじまったあたらしい一つの時代を、どの程度まで深く中国革命との関連においてとらえているかということである。わたしは、もしも中国革命が実現していなかったならば、おそらくコミンフォルムは、日本共産党をあのように性急に批判したりしなかっただろうとおもうのだ。第二次大戦後、アメリカは、自分の手で中国を支配するつもりで、ふたたび中国へ侵入することのできないように、きれいさっぱり、日本の武装を解除してしまった。ところが、事、志に反して、立派に中華人民共和国が成立したのだ。そこであらためてアメリカは、日本の再武装にとりかからないわけにはいかなくなった。コミンフォルムは、こういう事態に即応することができずに、いつまでもアメリカによって敷かれた平和革命の軌道の上を走りつづけているというので、インターナショナルな観点から、日本共産党のナショナルな在りかたを批判したのである。したがって、佐々木基一のようなインターナショナリストにとっては、コミンフォルムは、至極、当然のことをしたまでのことであって、そのために鼓舞されるようなことはあったにしても、共産党の権威が地におちたというので、思想的に動揺しはじめたり、解放感を味わったりしたようなことは、ただの一度もなかったにちがいない。たしかにかれのいうように、コミンフォルムによる日本共産党批判は、その後の世界史の動向を暗示する、象徴的な事件だったかもしれなかった。これまでにも、しばしば、わたしの述べてきたように、スターリン批判やポーランドやハンガリーの事件にしても、要するに、インターナショナリズムが、それぞれの国のナショナリズムを克服していく過程においてうみだしたものにほかならないのだ。

しかし、一九一九年から、一九三九年にいたる「危機の二十年」からではなく、一九一八年から一九四八年にいたる「危機の三十年」から歴史の教訓をひきだそうとするものは、一九五〇年について考えるばあい、一九一八年をふりかえることによって、あたらしい一つの時代のはじまるときには、いつでも似たような事件がおこるものだ、といったようなすこしばかり陳腐な感想をいだかないわけにはいかないであろう。例の『昭和史』の略年表の一九一八年の事項には「ウィルソン十四ヵ条発表(一月)。シベリア出兵開始。米騒動おこる(八月)。原内閣成立(九月)。ドイツ降伏、大戦おわる(十一月)」とある。むろん、その当時には、コミンフォルムもなければ、日本共産党もなかった。だが、中国革命の実現した翌年に朝鮮戦争がはじまったように、ロシア革命の実現した翌年には、シベリア出兵がはじまったのである。わたしは、そこに、第一次大戦のおわったところであらわれた、二十世紀における革命をつぶすための戦争の典型的な一例をみいださないわけにはいかない。そして、わたしには、朝鮮戦争はいうまでもなく、第二次大戦もまた、基本的には、そういう性格の戦争だったような気がしてならないのである。『郷愁の時代』のなかで、佐々木基一はかいている。「わたし自身のことをいえば、一九四一年一二月八日、わたしは『知的戦慄』などほとんど感じなかった。あたらしい歴史がここからはじまるとも考えなかった。わたしは六ヵ月まえにはじまった独ソ戦によって、すでにそれよりずっとはげしい知的戦慄を感じていたからである。世界歴史のもっとも劇的なドラマが展開されている主舞台は独ソ戦だと考えていた」と。ドイツは、日本が一九一八年八月に、いちはやくとりあげ、四年間、ねばりにねばりぬいたあげく、とうとう、投げだしてしまった二十世紀における最大の課題を——すなわち、ロシア革命をつぶすという課題を、一九四一年六月にいたって、遅ればせながら、ふたたびとりあげたのだ。一九五〇年からはじまったあたらしい一つの時代においても、その課題がすこしも放棄されているわけではないが——しかし、こんど、まず、まっさきにねらわれるのが、中国革命をはじめとする東欧その他の人民民主主義革命であることは、それから十年たった今日においては、誰の眼にもあきらかであろう。もっとも、一九一八年には、片山潜などが「ロシア革命の無言の影響」をみとめた米騒動があり、コミンフォルムの日本共産党批判によってはじまった一九五〇年にくらべると、はるかに革命の前途にとっては多幸な年だったようにみえるかもしれない。しかし、事実は、まったく正反対であって、米騒動の一時的な盛りあがりと、その自然消滅とは、個別的＝分散的な大衆の抵抗を、組織的＝統一的なそれにまでまとめあげていくインターナショナリズムの立場に立つ前衛党のなかった一九一八年の不幸を物語っているにすぎないのだ。日本共産党が、コミンテルンによって批判されるという幸運にめぐまれるまでには、その後、約十年近く待たなければならなかった。二七年テーゼというのが、それである。

したがって、一九二七年のモスクワからはじまる宮本百合子の『道標』のなかで、ともすればナショナルな観点からインターナショナルなものをとらえようとする女主人公が、今日のわれわれの眼に、いくらか矮小にみえるのは仕方のないことなのであろう。たとえば「あれは素晴らしい女だった。火みたいな女だった。朝っぱらから葡萄酒をのんで、いつもほろよいきげんなんだが、そういう時のあの女の頭の冴えようときたら、男がたじたじだった」という片山潜のローザ・ルクセンブルグ評にたいして、かの女は、ふん、と鼻を鳴らし——いや、鼻を鳴らしたなどとは、どこにもかかれてはいなかったかもしれないが、とにかく、いささか軽い反発を感じながら、「わたしたちは、ひさし髪に結って、白いブラウスを着たローザの写真しか知らないけれど」と答え、そこに、いかにも明治の男らしい、片山老人の女にたいする好みが、無意識のうちにあらわれていると考えたりするのだ。にもかかわらず、かの女のくちをとおして語られる日本の最初のインターナショナリストの一人であり、コミンテルンの一員でもある片山潜の風貌には、まことに堂々たるものがあって、わたしは、すっかり、好きになってしまった。かれは、かの女にむかって、ネチャーエフの伝記の翻訳をすすめ、「ネチャーエフという男は大した男だ。つかまって、牢屋へぶちこまれて、いくど法廷へひっぱり出されても、何一つ組織についてはしゃべらなかった」といい、そして、たぶん、二七年テーゼのなかで、こっぴどくやっつけられた「同志ホシ」や「同志クロキ」のことをおもいだしたのであろう、「日本のインテリゲンツィアは、あんまりいくじがないから、ひとつ、ネチャーエフみたいに、しっかりした男もあるってことを教えてやる必要がある」とつけ加えるのだ。

わたしは、一九六〇年の安保反対闘争を、断じて一九一八年の米騒動のようなものだと考えるものではないが——しかし、それが、ほとんどナショナリズムの立場からなされているということに——したがって、それと中国革命との関連が明瞭にとらえられていないということに、わたしなりの不満を感じた。そこで、以上のようなことを、一言、いってみる気になったのである。

＊『中央公論』一九六〇年九月号初出、『もう一つの修羅』（筑摩書房・一九六一年一〇月一五日刊）に収録

歌の誕生

生涯を賭けて、ただひとつの歌を――それは、はたして愚劣なことであろうか。

――『復興期の精神』――

わたしは、第一次大戦後のドイツ革命が、ヘーニッシュのいうように、世界史上「歌」をもたなかった唯一の革命であったかどうか、いささかうたがわしいとおもう。ヘーニッシュのいわゆる「歌」とはなにか。一言にしていえば、それは大衆を行動にむかって駆りたてる、革命のヴィジョンである。ソレルなら、その「歌」を「神話」だというかもしれない。後世の歴史家諸君は――たとえば、つい最近、『ドイツ革命史序説』をかいた篠原一のようなひとでさえも、いとも無造作にヘーニッシュにならって、当時のドイツ革命の指導者たちが、権力を奪取する絶好の機会をつかみながら、大衆にむかって、かれらのエネルギーを組織することのできるような「歌」をあたえることに失敗し、ただいたずらに仲間うちの討論にばかりふけっていたことに不満らしい顔つきをしてみせるが――しかし、はたしてローザ・ルクセンブルクやカール・リープクネヒトは、それほど「歌」に縁のない、論理一点ばりの人間であったであろうか。おもうに、ドイツ革命の指導者たちは、「歌」というものを、大衆にむかってあたえるものではなく、大衆のなかからうまれてくるものだとかたくなに信じこんでいたのではなかろうか。すくなくともかれらは、かれらの「歌」と大衆の「歌」とのあいだにあるギャップに気づき、両者を統一しようとして苦慮していたのではあるまいか。もしかすると、ドイツ革命は、ありあまる「歌」のために、むなしく中途で挫折してしまった、世界史上、唯一の革命かもしれないのである。

もっとも、わたしにしても、ドイツ革命の失敗を残念におもうことにかけては、決して歴史家諸君にまさるとも、おとるものではない。もしもあの革命がうまくいっていたなら、おそらくロシア革命もまた、現在のようなコースをたどらなかったであろう。そして、スターリン批判とかなんとかいったような小うるさい問題もまた、まったくおこらなかったにちがいない。スターリンが、かれの一国社会主義論によって、トロツキーの永久革命論を粉砕し、重工業の確立と農業の集団化とを強行することができたのは、主としてドイツ革命の失敗が、ロシア革命の指導者たちに、ヨーロッパたのむにたらずといったような感じをいだかせ、かれらの急速な世界革命実現の夢に終止符をうったからであった。それ以来、ロシアとドイツとは、うわべはとにかく、お互いに相手を仮想敵国とみなしながら、一歩、一歩、戦争への道をあるきつづけてきたのである。したがって、ローザ・ルクセンブルクやカール・リープクネヒトの虐殺を境として、世界は、ふたたび戦争の時代にはいったといえよう。しかし、いまはちがう。第二次大戦後、国際的な力関係が大きく変化し、むろん、高い次元においてではあるが、もう一度、われわれは、第一次大戦後の一時期と同様、世界革命の段階に立っているのである。中国や東欧には人民民主主義国が出現し、かつての植民地諸国では、民族革命の波が荒れくるっている。もはやスターリン流の一国社会主義でおしとおしていけない世の中であることはいうまでもない。そこにスターリン批判の歴史的な根拠があるのだ。つまり、一言にしていえば、われわれは、第一次大戦後とは反対に、戦争にむかってではなく、革命にむかって、一歩、一歩、あるきつづけているわけである。むろん、平和主義者のなかには、荒正人のように、戦争も革命も嫌いだといったようなひともいるにちがいないが――しかし、戦争をふせぐための最後の切札が革命であり、その逆もまた真であるということを、くれぐれも忘れないでいただきたいとおもう。はたしてしからば、すでに一歩を踏みだしているはずの日本革命は、いったい、いかなる「歌」をもっているであろうか。

以上は前置きである。流行歌を論ずるさいの前置きとしては、いくらかものものしすぎるような感じがしないこともない。しかし、わたしは、革命のヴィジョンである「歌」の現象形態であると信ずればこそ、一応、流行歌ともつきあってみる気になったのだから、どうしてもまずまっさきに、一言、わたしの立場をあきらかにしておく必要がある、とおもうものだ。じつをいうと、わたしは、ついさっきまで、日本劇場のてっぺんの立見席のしんちゅうの手すりに両肘をついたまま、森閑としずまりかえった場内をみおろしていた。わたしから無限に遠い奈落の底では、スポット・ライトに照らされて薄闇のなかからポッカリと浮びあがった白服をきた小人みたいな三橋美智也が、むやみに大きな声をはりあげて流行歌をうたっていた。この光りと闇とのコントラストには興味がある。ニイチェは――たしかにニイチェだったとおもうが、ギリシア人のあいだから、あかるい、光りかがやくようなアポロ像がうまれたのは、太陽をみつめたあとで、われわれのまぶたの裏に、暗い、いろのついた斑点が生ずるように、かれらが、つね日ごろ、身の毛もよだつような暗黒をのぞきこんでいたためではなかろうか、といったような意味のことを述べていた。たしかにそれは、いささかロマンチックな解釈にちがいないが——しかし、げんに、ただ一人、スポット・ライトを浴びて、光りかがやきながら、満場を陶酔させているわれわれのアポロ像にながめいっていると——むろん、そのアポロ像は、モンゴルふうに多少デフォルメされているとはいえ、ともすればわたしは、薄闇のなかに沈んでいる連中のくるしみにたえていくおそるべきエネルギーを連想しないわけにはいかないのである。いや、わざわざ、ニイチェなどをひきあいにだすまでもない。わたしが、今日、わざわざ、天井桟敷までのぼっていったのは、かれらのエネルギーの相当のものであることを、身にしみて感じたためにほかならないのだ。

　せんだってわたしは、ビクターの歌手たちのうたうのをきくつもりで、国際スタジアムのかぶりつきの席にすわっていた。「歌」の真髄をとらえるためには、上からみおろしているよりも、大衆のなかにとけこんで、下からみあげていたほうが、はるかに効果的にちがいないとおもったからだ。ところが、それはとんでもない素人考えというもので、「民衆の中へ《ヴ・ナロード》」といったようなスローガンは、もともと、センチメンタリズムの産物にすぎないのである。舞台の上に、オリンポスの神々が、一人ずつ登場しはじめるやいなや、わたしのまわりにいた少女たちは、突然、騒々しいバッカスの巫女《みこ》のむれに変貌してしまった。とりわけ山田真二という神々の一人のあらわれたときの熱狂ぶりなどはすさまじいもので、いっせいに立ちあがって、わたしの頭ごしにテープをなげるやつ、わたしの前を花束をかかえて駆けていくやつ、真ちゃんこっちみてェ！と金切声をあげるやつ——いやはや、雑然紛然として、わたしは、まるで颱風にまきこまれて、ふりまわされているような気分になってしまった。とうてい、「歌」の真髄をとらえるどころのはなしではない。てんで歌の文句さえきこえはしないのである。もっとも、わたしは、投げられたテープをたくみにとらえ、テープをひっぱったまま、うたいつづける歌手たちの優雅な身ぶりや、舞台の下からおずおずとさしだされる花束をうけとって、握手をしながら、にっこりするときのかれらの表情や——要するに、上からみおろしていたのでは、ぜったいにうかがい知ることのできないさまざまな風景を、つぶさに観察することができた。しかし、かんじんの歌がきこえないのでは問題にならないではないか。

なるほど、三橋美智也の歌をきいていると、テープや花束の助けを借りなくとも、かれと聴衆とが、なみなみならぬつよい紐帯《じゅうたい》によってむすびつけられていることがわかるような気がする。かれの演し物の大半は、民謡もしくは民謡調の流行歌だ。「江差追分」「斎太郎節」「相馬盆唄」「リンゴ村から」等々——すべて農民や漁民の心情をうたったものばかりで、一言にしていえば、まことにナショナリズムのにおいが濃厚である。しかし、わたしは、かならずしもかれの哀調をおびた歌が、ファシストの「歌」を暗示しているとはおもわない。たとえばスターリンのように、階級的な利害と国民的な利害とを強引に一致させようとしたナショナリストもまた、いるのである。ヨーロッパに対抗するために、重工業を確立したり、農業を集団化したりすることは、いかにもコンミュニストらしいまっとうな行きかたにはちがいないが——しかし、それはまた同時に、ツァーリ・ロシア以来、農民を基底にして徐々に形成されていった権力のピラミッドを一気にひっくりかえし、五百万の農民を餓死させることを意味する。にもかかわらず、スターリンが、みごとに所期の目的を達することができたのは、かれの足が、しっかりと、ロシアのナショナリズムを踏まえていたからであろう。したがって、第二次大戦後、世界革命の可能性がうまれるとともに、誰よりもスターリン批判の必要を痛感したのは、スターリン自身ではなかったかとわたしはおもう。これは、わたしの単なる臆測ではない。数年前、日本でも翻訳の出版されたブドウ・スワニーゼの『叔父スターリン』のなかには、スターリンの娘で秘書だったスヴェトラーナが、戦後間もないころから、スターリンに政治局の構成を変え、集団指導に転換する意向があり、だいたい、一九五五年ごろにひらかれるはずの第十九回党大会で、そのことがきまる予定だと、うっかり、口をすべらすところが描かれている。しかし、予定よりも一年おくれておこなわれたスターリン批判は、周知のように、スターリン個人の批判にすぎず、なんらそれのもつ歴史的な意義をあきらかにするものではなかった。わたしには、どうしてフルシチョフやミコヤンが、世界革命を促進する意図をもって発言しなかったのか不可解でならない。世界革命の観点に立つということは、ナショナリズムをすてて、インターナショナリズムにつくということではない。インターナショナリズムの立場から、各国のナショナリズムを、できるだけ生かしていくということだ。

もしもそうだとすれば、きわめてナショナルな三橋美智也の歌を、簡単に一蹴しさるような人間には、今後、もはや革命について語る資格はない、ということになろう。むろん「江差追分」や「斎太郎節」が、そのままのかたちで、革命的だというわけではない。しかし、『民衆と演芸』のなかで、福田定良などもいっているように、追分の旋律は悲哀を感じさせるとはいえ、それはセンチメンタリズムとはまったく無縁のものであって、「そこには自然にたいして働きかける人間の力づよい叫び」がみなぎっているのである。したがって、わたしは、三橋美智也や美空ひばりのような庶民的な流行歌手が、最高の人気をえていることに、すこしも絶望する必要はないと考える。さっきわたしは、ニイチェにたいする連想から、スポット・ライトを浴びている三橋美智也を、軽率にもアポロ像に比較したりしたが——しかし、いっそう忠実にニイチェにならっていうならば、ディオニュソス像こそかれにふさわしいであろう。かれは山川草木のにおいを、あたりにまきちらしながら、大衆の夢の象徴であるアポロ像のようにではなく、大衆の熱狂の象徴であるディオニュソス像のように、われわれの眼前に突っ立っているのである。もっとも、ソ連や東欧におけるスターリン像の運命をおもうと、アポロ像にしろ、ディオニュソス像にしろ、いずれは台座からひきずりおろされるにきまっているのだから、どちらに似ていようと、たいして気にするほどのことではないのだが。

といったところで、べつだん、三橋美智也に同情する必要はなかろう。要するに、それは、それまで薄闇のなかに沈んでかれの歌に耳をすましていた大衆が、光りのなかに歩み出て、いっせいに立ちあがり、声をはりあげて合唱しはじめるだけのことである。たとえばすでにわれわれの周囲にも、歌ごえ運動といったようなものがある。問題は、歌ごえの歌が、ヘーニッシュのいわゆる「歌」の名に値いするかどうかということだ。「しあわせのうた」だとか、「若者よ」だとか、「仲間達」だとか、だいたい骨ぬきみたいな歌ばかりうたっているらしいが――しかし、一度も現場をみないで、歌の文句にだけケチをつけるのでは、あまりにも観念的であろう。そこで数日前の夕方、『群像』の編集者に案内してもらって、近所のサークルへ見学にいった。かなり大きなサークルとみえ、われわれの着いたころ、すでに二、三十人の若い男女が、黒板を前にして腰かけていたが、その後も、ポツポツやってきた。みな、鞄をぶらさげているところをみると、勤めの帰りらしかった。疲れているためか、お行儀がいいためか、それともお互いに知りあっていないためか、ほとんど話し声さえおこらない。そのうちに、黒板の前に女の先生があらわれて、首を左右にふる準備運動をやれといったので、全員立ちあがっておとなしく首を左右にふりだした。つづいて音階の練習。それから謄写版ですられた歌がくばられて、いともたどたどしく「バイカル湖のほとり」の一節を、くりかえし、くりかえし、うたいはじめた。——などと大真面目な顔つきをして報告するまでもない。つまるところ、それは、中学校の音楽教室の延長以外のなにものでもないのだ。しかし、それにしても、いい年をしていながら、なんという模範児童みたいな連中ばかりであろう。国際スタディアムで、花束やテープをもって大騒ぎをしていた諸君が、おそろしく衝動的で、感情をむきだしにして恥じなかったのに反し、こちらの鞄をかかえたおとなしい諸君は、あくまで冷静で、いかにも分別ありげにみえる。敬虔な態度で「バイカル湖のほとり」をうたっているところをみると、進歩的で、良心的で、民主主義的で、おまけにインターナショナルなセンスの持主かもしれない。しかし、べつだん、わたしは、美学的な見地からいうわけではないが、ゆたかなるザバイカルの、はてしなき野山を、やつれし旅人が、あてもなくさまよう——といったようなロシア民謡よりも、雨はふるふる、人馬は濡れる、憎い矢弾に、血がしぶく、友は傷つき、捨てては置けず、越すに越されぬ、田原坂——といったような三橋美智也のうたった流行歌のほうに、はるかにアクチュアリティがあるような気がしてならないのである。もっとも、これは、目下のわたしが、ハンガリアの動乱に「田原坂」的なものを感じているためであって、誰にでも納得のいくことではないかもしれない。

むろん、わたしは、一斑をもって全豹をおしはかるものではない。しかし、わたしには、あまりにもアポロ的で、ディオニュソス的なものの片鱗すらみとめられない右のサークルの在りかたが、ベートーヴェンの「第九」やショスタコヴィッチの「森の歌」の上演を目ざしたりするサークルの指導者たちの方針と、まったく無関係だとはおもえなかった。ここでも、芸術大衆化の問題は、他のジャンルのばあいと同様、大衆を専門家の水準までひきあげたり、専門家が大衆の水準までおりていったりする以外に方法はないと考えられているようである。なぜ専門家は、既成の芸術にとらわれず、大衆芸術を否定的媒介にして、あたらしい芸術をつくりだそうとしないのであろう。インターナショナリズムの立場から、できるだけナショナリズムを生かしていくということは、つまるところ、そのような行きかたを指すのではなかろうか。むろん、歌ごえ運動のなかでも、日本の民謡はとりあげられている。井上頼豊の『新しい合唱読本』によれば、「五木の子守唄」などは、なかなか、評判がいいようである。しかし、くりかえしていうが、わたしは、日本の民謡のもつ前近代性を、そのままのかたちで肯定しているわけではない。前近代的な日本的なものと、近代的な西洋的なものとの野合からうまれた流行歌を、民謡を手がかりにして超近代的な「歌」にまでもっていきたいと考えているだけのことだ。「五木の子守唄」は、その他の日本の民謡とはちがって、二拍子ではなく、三拍子であるところに魅力があるのかもしれないが——しかし、所詮、それは奴隷の歌にすぎないではないか。歌ごえのサークルが、大衆の音楽的教養の向上を目ざす「稽古事」の領域にとどまっているかぎり、それを母胎にして無数のディレッタントはうまれるかもしれないが、いつまでたっても「歌」はうまれない。そして、そのディレッタントたちは、依然として「低級」な流行歌をうたっている大衆から、完全に浮きあがってしまうだけであろう。『みんなで詩を書こう』のなかで、小野十三郎は、歌ごえの歌にとって、現在、もっとも必要なものは「詩」であり、その「詩」とは、批評精神の異名にほかならない、といったような意味のことをかいていたが、わたしもまた、まったく同感である。するどい批評精神の所有者だったマヤコフスキーは、民謡や流行歌や政治的スローガンを、たくみにモンタージュしながら、革命的な詩をかいた。もっとも、先日、歌ごえ運動に熱をあげている友だちの娘が遊びにきたので、だいたい、以上述べてきたような趣旨の感想をもらしたら、かの女は、いささかも腹をたてず、いかにも自信ありげにニッコリ笑って、まあ、一度、あたしたちのサークルへきてちょうだい、といった。

『アヴァンギャルド芸術』のなかでも再三強調したように、大衆芸術からきりはなされたアヴァンギャルド芸術などというものは存在しない。大衆からきりはなされた前衛《アヴァンギャルド》というものがないように、前衛とは、大衆のエネルギーの集中的表現にすぎないのである。しかし、前衛は、しばしば、大衆から隔絶しているという孤独感におそわれることがある。わたしは、ナセルが、『革命の哲学』のなかで、少数の精鋭部隊をもって、ファルークを退位させ、権力を奪取したさい、さっぱり、大衆が、かれについてこようとしないのをみて、前衛の役割は、権力の奪取によっておわるものではなく、まさにそのときからはじまるものだということを悟った、とかいているのをみて、たいへん、おもしろいとおもった。たぶん、エジプトの革命もまた、「歌」をもたなかった革命だったにちがいない。そういった「歌」の現象形態である歌は、むろん、大衆を基盤とした芸術運動のなかからしかうまれない。わたしは、歌ごえ運動の飛躍に期待したいとおもう。

＊『群像』一九五七年一月号初出、『大衆のエネルギー』(前出)に収録

偶然の問題

『トルクシプ』をつくったトゥーリンやアロンは、あるいはまた、詩人のマヤコフスキーのような人物は、リアリストというよりも、むしろ、アクチュアリストといったほうが、ピッタリしはしないか。

——『アヴァンギャルド芸術』——

映画監督だとか、オーケストラの指揮者だとか、労働組合の委員長だとか——それから、これはいうまでもないことだが、政党の首領だとかいったような連中は、概して自己批判の精神にとぼしい。ついせんだっても、わたしは、どこかで、黒沢明が「ひとの作品をつかまえて、悪くない、とは、なんといういいぐさだ！　ヨーロッパやアメリカでも、悪くない、なんていうやつはいない。ハッキリ、いい、といったらいいじゃないか！」と、大いに批評家にむかってフンマンをもらしているのをみたことがある。ホメられたばあいでさえ、これだから手がつけられない。もっとも、わたしは、日本映画をみて、一ぺんだって、悪くない、なんていったおぼえはないから安心だ。わたしは、つねに、よくない、といいつづけてきたのである。いかに鼻いきのあらい黒沢明でも、まさか「よくない、とはなんといういいぐさだ！　ヨーロッパやアメリカでも、よくない、なんていうやつはいない。ハッキリ、悪い、といったらいいじゃないか！」とはいうまい。なぜなら、失敗して不要になった画面を、撮影所ではN《エヌ》・G《ジー》というが、これは、ご承知のように、NO《ノー》 GOOD《グッド》の略語で——つまり、よくない、という意味で、監督諸君の毎日つかっている言葉であるからだ。自分たちは、平気で、よくない、といいながら、批評家たちには、悪くない、といってはいけないという！ そこらあたりにも監督の自己批判の精神の足りなさが、あざやかにうかがわれる、といっては、いいすぎであろうか。ほんとうのことをいうと、わたしなんかでも、黒沢明の作品を、よくない、というばあいには、いくらか無理をしていっているのであって、心の底では、やはり、他の批評家たちと同様、悪くない、と考えているのである。まったく黒沢明は、悪くない監督の部類に属する。おもうに、監督には、いい監督、悪くない監督、よくもなければ悪くもない監督、よくない監督、悪い監督の五つの階級があるのではなかろうか。もちろん、芸術的な観点からみてのはなしである。

　わたしは、最近、ひきつづいて、二つのソヴェト映画を——エイゼンシュテインの『戦艦ポチョムキン』とユトケウィッチの『オセロ』とをみた。前者は一九二六年度の作品、後者は一九五五年度の作品である。そして、わたしは、革命以来、今日にいたるまでのソヴェト映画史を、一瞬のうちに生きたようにおもい、ひどく感動した。映画史を？ いや、それは単に映画史だけではないかもしれない。わたしには、それらの二つの映画が、革命そのもののプロローグとエピローグのいかなるものであるかを、まざまざと示しているような気がした。そして、わたしは、エイゼンシュテインは、いい監督で、ユトケウィッチは、よくない監督だと感じた。したがって、最初、わたしは、そういうわたしの印象をこまかく分析していけば、たぶん、それは、わたしなりのスターリン批判になるにちがいないとおもった。

ところが、映画をみたあとで、佐々木基一は、わたしにむかって、監督のユトケウィッチは、オセロに仮託して、スターリンを批判しているのではあるまいかといった。なるほど、それは、スターリン批判のおこなわれた第二十回党大会以前に完成されていた作品だが――しかし、すでにそのころから、当然、ソ連には、スターリン批判の空気が、底流としてはみなぎっていたはずだから、まんざら自分の説に根拠がないわけでもなかろう、というのだ。そこでわたしが、「それじゃオセロの鼻づらをとってひきまわすイアーゴウは誰だろう?」とたずねたら、かれは、わたしの血のめぐりのわるさをせせら笑うかのように、「それゃ、むろん、ベリヤにきまってますよ!」と昂然として答えた。はたしてスターリンは、オセロが、イアーゴウにだまされて、かれの妻君を絞殺してしまったように、ベリヤのつげぐちを信じ、スターリン夫人を地上から抹殺してしまったのであろうか。佐々木基一によれば、そういう風説もまた、かならずしもないではない、ということであった。

しかし、佐々木基一的な観点からながめるなら、一九五三年に封切られたマンキウィッチの監督したアメリカ映画の『ジュリアス・シーザー』にしても、もしかするとスターリン批判に無関係ではないかもしれない。アメリカ国務省の手で発表されたフルシチョフ秘密演説の例によってもあきらかなように、アメリカが、ソ連よりも二年はやく、ソ連の底流をバクロしたにしても、いっこう、不思議ではあるまいし、それに右の秘密演説によれば、スターリンは、オセロよりも、シーザーのほうに、はるかに似ていたらしいではないか。もしもそうだとすれば、個人崇拝を否定するため、シーザーの打倒にのりだしたブルータスやカシアスは、さしあたり、フルシチョフ、ミコヤンといったところで、『ジュリアス・シーザー』劇は、ようやくブルータスの演説のおわった第三幕目あたりにさしかかったばかりだ、ということになる。そしておそらくアメリカは、現在、アントニーの出現を――ブルータスに対抗して、シーザーのために弁護の労をとるアントニーの出現を、胸をおどらせながら、待っているところかもしれないのだ。オセロのセリフとシーザーのそれとをくらべてみただけでも、どちらがフルシチョフ秘密演説のスターリンにヨリ近いか、一目瞭然ではないか。一方は、自信満々、つねに三人称をつかって、「シーザーにあやまりはない」とくる。他方もまた、三人称をつかわないわけではないが――しかし、それは、かれが、すっかり、自信をうしなっているからにすぎないのだ。「いったい、オセロは、どこへいけば、いいのだろう?」といったぐあいに。

もっとも、こんなことをいうからといって、わたし自身は、いささかも『ジュリアス・シーザー』などで、スターリンを批判することができると考えているわけではない。シーザーも、ナポレオンも、ヒットラーも、スターリンも、いっしょくたに独裁者というカテゴリーのなかにたたきこみ、権力のピラミッドといったような単純なイメージをもちだして、そこからいっさいの政治の「悪」をひきだすような非歴史的なものの見かたをする連中にたいしては、わたしは、あくまで反対で、昨年は、ほとんどかれらとの論争で明け暮れてしまったようなものである。したがって、わたしは、マンキウィッチの『ジュリアス・シーザー』にではなく、ユトケウィッチの『オセロ』にスターリン批判を発見した佐々木基一に、多少の独自性を――いかにもかれらしいスターリンにたいする寛容の精神をみとめないわけではないのだが――しかし、要するに、かれもまた、わたしの論敵の一人にすぎないという気がしてならないのだ。いや、わたしのみるところでは、ユトケウィッチの『オセロ』は、スターリン批判であるどころか、まさに典型的なスターリン主義者の作品である。なんという堂々たる演劇映画であろう！　これは、文字どおり、記録映画と対立する意味での演劇映画の極限を示す作品で、どこにも演劇映画らしいところはない。しかも撮影の九十パーセントが野外でおこなわれているというのだから、ますます、驚嘆に値いする。つまり、自然を、すっかり、自家薬籠中のものにしてしまって、完全にセットとしての効果を発揮させているわけで、たとえば山が——海のなかから、すっくとばかりにそびえたっているすばらしい山が、たえず画面にあらわれてくるが——しかし、おそろしく鮮明にうつしだされているにもかかわらず、その山には、すこしもホンモノの山らしい迫力はなく、ユトケウィッチの意図どおりに、みごとに芝居の書割としてつかいこなされているのだ。海のばあいもまた、同じことで、画面いっぱいに立ちはだかっているオセロやイアーゴウの背後で、海は、いともつつましやかに白い波頭《なみがしら》をくずしているにすぎない。

『ジュリアス・シーザー』のあとでマンキウィッチのつくったミュージカル映画『野郎どもと女たち』では、フィクシャスな味をだすために、ほとんど実物大のタイムズ・スクエアのセットが組まれていたので眼をみはったが、『オセロ』では、同様の目的が、実物そのものをつかって追及されているのである。したがって、『オセロ』における俳優の演技もまた、監督によって、すみからすみまで統制されており、どこにも演技自体に、ハッと息をのむような飛躍もなければ、発展もない。そして演劇的な観点から不必要とおもわれるような映画的演技は、ことごとく、情け容赦もなく、きりすてられているのだ。わたしは、オセロやイアーゴウに扮したポンダルチュックやポポフの大げさな演技をながめながら、ふと十月革命後フランスに亡命したロシアの「名優」イワン・モジュヒンを連想した。そしてあるいは、このユトケウィッチの『オセロ』は、むろん高い次元においてではあるが、十月革命前、トゥールジャンスキーなどのつくっていたような古い演劇映画の伝統へ復帰しているのではあるまいかとさえおもった。エイゼンシュテインの『戦艦ポチョムキン』などにくらべると、なんというちがいであろう！　三十年前の作品であるにもかかわらず、わたしは、『オセロ』よりも『戦艦ポチョムキン』のほうに、かえって新鮮なものを感じないわけにはいかなかった。すくなくともそこには、十月革命の精神が、ハツラツとして生きていた。それは、かならずしもその映画が、一九〇五年に蜂起した『戦艦ポチョムキン』の水兵たちと、ストライキ中のオデッサの労働者たちとのむすびつきを描き、革命の主体となった労働者・兵士代表協議会（すなわち、ソヴェト）のロシアにおける最初の萌芽を、あざやかにとらえているからばかりではない。なにより『オセロ』によって完璧の表現を誇っているような演劇的な行きかたを、記録的な行きかたによって否定しようとした、最初の映画らしい映画であるからである。

　したがって、そこでは、万事にわたって、『オセロ』とは、まったく正反対の行き方が採用されている。自然は、監督によって支配され、書割としての職分に甘んじているようなことはなく、たえず監督を支配して、おのれの存在を、つよく主張する。たとえば、射殺された『戦艦ポチョムキン』の反乱の指導者の死体に弔意を表するため、オデッサの市民たちが、埠頭へ集ってくるシーンがある。スタッフ一同が、この朝の情景をとろうと、すっかり、用意をととのえたとき、偶然、港をわたって霧がながれてくる。普通だったら、ここで撮影を中止してしまうところだが——しかし、霧の画面に加えたニューアンスが、いかにもその朝の「あるべきすがた」にぴったりしているというので、すすんでその霧が、画面の中心にとりいれられる、といったふうに。演技の点でも同じことで、職業的な俳優は、できるだけ排除される。『戦艦ポチョムキン』の軍医に扮したのは、カメラマンの助手で、牧師に扮したのは、果樹園の園丁であった。そして監督は、かれらの自然なうごきや、さりげない表情をたくみにとらえ、いささかも演劇的でない、てっとうてつび映画的な演技を創造しようと試みたのである。もっとも、いまさららしく、こんなことを、くどくどと説明するまでもない。なぜなら、偶然のうみだす効果をみごとに生かす、こういった記録映画的な行きかたは、第二大戦後のイタリアン・リアリズムの作家たちによって——ことにロッセリーニなどによって忠実に受けつがれ、今日では、べつだん、めずらしいことでもなんでもないからだ。はたしてしからば、現在、スターリン批判の役割をはたすものは、佐々木基一のいうように、『オセロ』ではなく、むしろ、『戦艦ポチョムキン』のほうではあるまいか。なぜなら、一つ、一つのショットの主体性を極度に尊重しながら、一歩、一歩、下からそれらのショットをオルガナイズしていくエイゼンシュテインの方法は、あきらかにレーニン時代の中央集権的民主主義のあらわれで、逆にまず精密なコンティニュイティをつくり、一つ、一つのショットにまで、天下り的にみずからの意志をおしつけてくるユトケウィッチの方法が、スターリン時代の中央集権的民主主義のあらわれであることに疑問の余地はないからである。もっとも、こういうわたしの意見が、中間項をとびこえて、直接、政治と芸術とをむすびつけようとする、いささか性急なものの見かたの上に立っていることは否定できない。それかあらぬか、佐々木基一に対抗して、『オセロ』をコキおろし『戦艦ポチョムキン』を手ばなしでもちあげるわたしの言葉をきくや否や、同じ座談会に出席していた吉村公三郎は、すこぶる不満な顔つきをして「エイゼンシュテインのモンタージュなど、いまからみると幼稚なものにすぎないが、ユトケウィッチのほうは、たいしたもので、あれほど深味のある立体的な画面は、アメリカでも、イギリスでも、決してつくれないでしょう。」と断言した。そして、カメラの焦点深度について説明した。

吉村公三郎もまた、心ひそかにわたしの悪くないと考えている監督の一人である。その悪くないと考えている監督が、わたしのいいという監督を軽く一蹴して、わたしのよくないという監督にむかって敬意をはらうのをみて、いささかわたしはローバイした。そして、わたしは、どういう監督が、いい監督で、どういう監督が悪い監督であるかを、もっと正確に定義するために、あらためて劇映画と記録映画との関係を、もっと突きこんで検討する必要があるとおもった。たとえば今村太平の『映画入門』のなかには「さまざまの偶然をつなぎ、そこに必然の連関をみいだすのが記録映画の芸術です。これにたいして劇映画は必然を偶然にみせる芸術です。」といったような言葉がある。わたしは、その本の批評をしたさい、右の一節をとりあげて、「これなど、かつて津村秀夫が、記録映画にアクチュアリティを――劇映画にリアリティを、それぞれ、わりあてて、両者を機械的に対立させたのにくらべると、はるかにみのりゆたかな収穫をもたらすにちがいないものの見かただとおもうが、今村太平は、さっぱり、そいつを発展させようとはしない。」とかいた。おそらく今村太平は、これまでわたしの述べてきたようなエイゼンシュテインのような行きかたやユトケウィッチのような行きかたを漠然とおもい描きながら、記録映画や劇映画の定義を試みたのであろうが――しかし、それならば、いったい、かれは、リアリティとアクチュアリティとの関係を、どういうふうに考えているのであろうか。『映画と批評』(第二部)のなかで、津村秀夫は、ポール・ローサが、記録映画の対象を、つねにアクチュアリティにおき、一度もリアリティにはおいていない点に注目し、そこから大骨をおって記録映画と劇映画との区別をみちびきだした。しかるに、今村太平は、『映画理論入門』のなかで、ポール・ローサの『記録映画論』の紹介にあたったさい、少しもリアリティとアクチュアリティとの区別なんか問題にしないで、依然として、アクチュアリティを、「現実」と訳している。したがって、今村太平が、たとえば『イタリア映画』のなかで、「この中心なき構図が、ロッセリーニの現実主義から生じていることは明白である。」などというとき、わたしには、そのロッセリーニの「現実主義」なるものが、リアリズムを意味するのか、アクチュアリズム（?）を意味するのか、さっぱり、明白ではないのである。さらにまた、わたしには、記録映画を、「アクチュアリティの創造的劇化をもった社会分析の映画」としてとらえているポール・ローサに、かくべつ不満をいだいている模様もない今村太平が、そういうローサの定義と、「さまざまな偶然をつなぎ、そこに必然の連関をみいだすのが記録映画」だとする自分の定義とのあいだに、いかなる必然の連関をみいだしているのか、いっこう、見当がつかないのである。

『アヴァンギャルド芸術』のなかでも強調したように、津村秀夫とは反対に、わたしは、アクチュアリティを手がかりにしないかぎり、ぜったいに、リアリティには肉迫できないものだと考えている。そして、べつだん、今村太平の定義に拘泥するわけではないが、アクチュアリティを、「偶然」とみなしてもいいのではないかとおもっている。偶然を踏み台にして、可能と必然とを弁証法的に統一したものが、わたしのみるところでは、リアリティ――すなわち、「現実」なのである。したがって、佐々木基一が、『リアリズムの探究』のなかでいっているように、イタリアン・リアリズムを、「危機のリアリズム」とみることには賛成だが――しかし、そこに、「時間の要素を疎外した全き空間」だけをみて、いたずらにそれのもつ「表象喚起力」に脱帽するようなかれの態度には、ついていけないものを感じないわけにはいかない。「過去」の必然と「未来」の可能とを、「現在」の偶然をキッカケにして、みずからのなかに止揚したものが「現実」だとすれば、イタリアン・リアリズムは、佐々木基一のいうように、「時間の要素を疎外」するどころか、すこぶる充実したおのれの時間をもっているのではあるまいか。そこでは、過去と未来とにつらなる現在を——刻々、変化しつつある現在のすがたをとらえようとして極度に緊張しているため、かえって、時間よりも、空間のほうが目だつのではなかろうか。すくなくともロッセリーニが、「いま」と「ここ」とを、『戦火のかなた』のなかで、なにより重要視していたことはたしかである。このことは、換言すれば、かれが、アクションの独自性というものを、映画そのものの生命だと考えていたことを示しているともいえる。おもうに、佐々木基一の『危機のリアリズム』を、文字どおりに受けとれば、アルレッティのかきならす竪琴の音とともに、時間が停止し、いっさいのものが動かなくなってしまう、カルネの監督した『悪魔は夜来る』の一場面のように、映画は、たちまちにして絵画に転化してしまうのではあるまいか。それかあらぬか、『危機のリアリズム』を発展させた『記録映画に関するノート』のなかで、佐々木基一は、イタリアン・リアリズムの本当の主人公は「状況」である、といみじくも喝破しているにもかかわらず、奇妙なことに、かれの「状況」からは、アクションの要素が、ことごとく脱落してしまっているのだ。実存主義的な意味において、「状況」を「状況」として成立させるものは、一言にしていえば人間の行動ではないか。ロッセリーニが、「人間性」といったような観念的なマヤカシモノには目もくれず、かれの作品のテーマを、「状況」とその自由選択とにおいていたことに疑問の余地はない。それゆえにこそかれは、まず、偶然に——つまり、「実存」に注目したのである。しかるに、佐々木基一は、「状況」のドキュメントが、われわれに感動をあたえるのは、そのなかにふくまれている「普遍的意味」のためだというのである。かれは、たぶん、サルトルをとるべきか、ヘーゲルをとるべきか、その選択に迷っているところなのであろう。そして、「いったい、オセロは、どこへいけば、いいのだろう?」といったような「状況」におちいっているのかもしれない。

そういえば、佐々木基一が、ユトケウィッチの『オセロ』に「スターリン批判」をみいだしたのは、かれの演劇的なものにたいする絶ちがたい愛着のせいで、両者の演出の仕方が似ているためだとみればみれないこともないのだ。今村太平ふうにいうならば、『オセロ』も、「スターリン批判」も、同様に、「必然を偶然にみせる」ために、技巧のかぎりをつくしているのである。わたしは、「スターリン批判」は、スターリン自身の遺志によるものだとおもう。「スターリン批判」の監督にあたっているフルシチョフが、『オセロ』の監督のユトケウィッチよりも、いくらか見劣りするのは、前者が、スターリンのかいたシナリオをつかっているのに反し、後者が、自分の手でかいたシナリオをつかっているためかもしれない。スターリンは、かれの「一国社会主義論」によって、トロツキーの「永久革命論」を否定した。そして、ヨーロッパの革命——とくにドイツの革命が成功しないかぎり、自国の革命もまた、かならず成功しないにちがいないと考えている敗北主義者たちとたたかった。かれは、国民的利害と階級的利害の一致を信じ、あくまでプロレタリアートの祖国をまもりぬこうと決心した。そして、そのために農業の集団化と重工業第一主義の政策を採用した。無数の農民が飢え、反対派がうまれた。かれは憎悪のマトになり、一九三二年の秋、かれの妻のナディア・アリルエヴァは、夫のやりかたに不満で自殺した。したがって、あるいは、その当時、佐々木基一のいうように、かの女が、オセロの妻のデズデモーナと同様、夫の手にかかって死んだというようなゴシップがとんだかもしれない。フルシチョフ秘密演説は、建設の目鼻が、一応、ついたあとまでも、かれが、なお、粛清をやめなかったことを非難しているが、一九三〇年代の後半は、かれは、独ソ戦の準備のために全力をそそいだ。ジノヴィエフとカーメネフの裁判は、ヒットラーの軍隊が、ラインランドに進駐してから数ヵ月後にはじまったし、ブハーリンとルイコフのそれは、ナチスのオーストリア占領とともにおわった。フルシチョフ秘密演説は、わざとその点を黙殺しているようにみえる。かれは、独ソ戦の勝利によって、多年の宿志を貫徹した。その結果、国際的な力関係は大きく変化し、中国や東欧に人民民主主義国が出現した。そして一国社会主義の時代は、永久に去ってしまった。時代は、ふたたび一九二〇年代と同様、世界革命の段階にはいったのである。かれは、さっそく、自己批判をはじめなければならないとおもった。したがって、スターリン批判は、すでにスターリンの生前から、徐々にはじめられていたわけで、その演出のなかには、なかなか、味のあるものもないではなかった。たとえばモスクワのUP《ユーピー》特派員は、昨日まで黒い頭をしていたスターリン像が、一夜にして白髪に変っているのをみて、びっくりしている群衆のすがたをつたえている。つまり、政治局は、そういう手段に訴えて、スターリン時代の遠からずおわることを暗示しようとしたわけである。

もっとも、この程度の事実をならべただけで、べつだん、わたしは、アントニーの役割をはたしうるとおもうものではない。ただ、おこるべくしておこったスターリン批判を、寝耳に水といったような態度で受けとったひとが多かったので一言したまでのはなしである。しかし、フルシチョフ秘密演説のようなスターリン批判は、あまりにも演劇的で、わたしの好みにあわないことはいうまでもない。あれでは、スターリンが、ジュリアス・シーザーどころか、オリヴィエの描いた『リチャード三世』のようにみえてくるではないか！　しかし、問題は、記録映画と劇映画との関係である。ユトケウィッチの『オセロ』が、わたしの目に、いくらか大時代にみえるのは、かれが、セミ・ドキュメンタリー化しつつある今日の劇映画の動向を無視して、すっかり、シェークスピア劇の上にあぐらをかいてしまっているからであろう。ことわるまでもなく、セミ・ドキュメンタリー映画には、大きくわければ、二つの行きかたがある。エイゼンシュテイン、ロッセリーニ、ブニュエルなどの行きかたと、クルウゾオ、リード、ヒッチコックなどの行きかたである。記録映画的要素と劇映画的要素との統一にあたって、前者は記録映画的要素に——後者は劇映画的要素に、それぞれ、支配的な契機をみとめるわけだが——しかし、行きかたはあべこべであるにもかかわらず、うまくできた作品のばあいには、両者は容易に区別しがたい。たとえばクルウゾオが『情婦マノン』でとらえたアクチュアリティなど、相当のものである。しかし、かれの『悪魔のような女』になると、いかにも「必然を偶然とみせ」かけようとする技巧だけが目だち、イカサマばくちにひっかかったような後味の悪さを感じないわけにはいかない。もっとも、わたしは、『外国の映画界』のなかで、植草甚一が、『悪魔のような女』における「事件のおこっていないシーン」にむけられたクルウゾオの演出をとりあげ、校舎の窓の使いかたに注目して「この窓際に立てば、プールもみえるという位置になっている。そして、この窓から校舎は直角に曲って別棟校舎にたっしているから、そのまえの空間である校庭で遊んでいる生徒たちは、自然、窓の前を駈け出していったりして往き来がはげしい。この生徒たちにも校庭にキャメラを据えてうつせば、窓が視角にはいる。開いている窓のむこうはまるみえで、校舎のなかで誰かが何かをしているのが同時にみえる。そして窓際に人物がいると、前景、中景、後景という人間の配置になり、構図が複雑になってくる。……これは画面を静止したままで動きを豊富にしようとする方法であり、クルウゾオの映画美学の根底になっている。」とかいているのをみて、おもしろいとおもった。このことは、ともすれば演劇的なものに支配されがちなクルウゾオが、映画らしい映画をつくろうとしてどんなに苦労しているかを――自分の作品に、記録的なものをとりいれるために、どんなに細心の注意をはらっているかを、あざやかに示しているようにおもわれる。それでおもいだしたが、同じ窓を使っても、オセロとイアーゴウとが、街路で展開しているキャシオとビアンカとのやりとりを、室内からひそかにうかがっているユトケウィッチの『オセロ』の一場面のなんという凡庸さであろう！　そこには、吉村公三郎のいわゆる「カメラの焦点深度のふかさ」があるだけであって、いささかもダイナミックな感じはないのである。ユトケウィッチとクルウゾオのあいだにある映画感覚のズレは、またしてもわたしに、ソ連の政治家たちとヨーロッパの政治家たちとのあいだにある政治感覚のズレを連想させる。たとえば現在、東欧で、スターリン像を台座からひきずりおろしつつあるような連中は、国民的利害と階級的利害の一致を信じている点において、フルシチョフよりも、かえって、かつてのスターリンに似ているのではなかろうか。かれらは、その昔、スターリンが、ヨーロッパ一辺倒のトロツキストとたたかったように、今日、ソ連一辺倒のスターリン主義者とたたかっているのではあるまいか。わたしが、スターリン批判を、スターリンの自己批判とみるゆえんである。

メーデーの場面ではじまり、メーデーの場面でおわる『夜の河』のような映画をつくっているとはいえ、わたしは、少しも吉村公三郎をスターリン主義者だと考えるものではない。にもかかわらず、かれが、ユトケウィッチの『オセロ』に感心して、エイゼンシュテインの『戦艦ポチョムキン』を時代おくれのようにいうのは、いったい、どういうところからきているのであろう？　すくなくともユトケウィッチのかいた『戦艦ポチョムキンの世界的意義』などを読むと、ユトケウィッチ自身は、吉村公三郎ほど、エイゼンシュテインを軽蔑してはいなかったようである。いや、軽蔑するどころか、絶讃しているといってもいいのだが——しかし、これは、はなはだ奇妙な評論であって、わたしには、かれが、エイゼンシュテインの名を借りて、自己弁護に終始しているとしかみえないのだ。かれは、心理小説家のラディゲをおもわせるような手ぐちで、「エイゼンシュテインが、自分のうちに発見したと信じていたものはこれだ。……だが、かれのうちに、実際おこっていたことはこれだ。」と、一々、明快な判断をくだしていき、かれのいわゆる「ほんとうのエイゼンシュテイン」にうやうやしくひざまずいてみせるのだが、よくよくながめてみると、その「ほんとうのエイゼンシュテイン」なるものは、まったくユトケウィッチ自身に、瓜二つといった寸法なのである。つまり、一言にしていえば、かれは『戦艦ポチョムキン』における記録映画的な行きかたを否定し、むしろ、演劇映画的な観点から、その作品に「世界的意義」をみいだしているのである。もっとも、かれが、『戦艦ポチョムキン』を、単に形式主義的な作品だとみている連中にむかって、エイゼンシュテインの意図が、宣伝煽動にあったことを強調しているのは、当然のこととはいいながら、やはり、一考に値いするかもしれない。モダーニズムとアヴァンギャルド芸術との相違もまたそこにあるのだ。しかし、はたしてプロパガンダやアジテーションは、ユトケウィッチのように、ひたすら演劇的なものを前面にもちだすことによって、効果をあげることができるであろうか。プロパガンダやアジテーションにとって、なにより不可欠のものは、アクチュアリティではないか。もしもそうだとすれば、紋切型と化し去った演劇的なものを、なまなましい記録的なものによって否定していくことこそ、プロパガンダやアジテーションにとって、もっとも必要なことではなかろうか。

したがって、ユトケウィッチにとって、『戦艦ポチョムキン』が、シナリオなしに——あるいは、すくなくともシナリオに反して、制作されたという伝説くらい、気にさわるものはないのだ。かれは、その作品には、もともと、アガジャーノワの『一九〇五年』というシナリオがあったのだが、エイゼンシュテインが、その『戦艦ポチョムキン』に関する挿話の部分をピック・アップして著しく拡大してしまっただけで、なるほど、撮影までにちゃんとできあがったシナリオはなかったにせよ、その後、編集デスクの上で、決定稿のシナリオをつくりあげたとみるべきだといい、「現象そのものの本質を、技術的な偶然によって置き換えることは、許すべからざるあやまりである」とにがにがしい顔つきをして警告を発している。しかし、ユトケウィッチがなんといおうとも、エイゼンシュテインにとっては、なにより「偶然」の契機を生かすことが——「本質」や「普遍的意味」よりも、「個物」そのものに注目することが大事だったのである。いや、むしろ、「個物」によって触発されることを待望していたといったほうがいいかもしれない。たとえば、かれは、オデッサの街へいったさい、偶然、目にした公園の長い石の階段に、すっかり、魅せられてしまった。それ以来、その石の階段は、自分を主人公にして、映画をつくってくれと、日夜、かれにむかって迫りはじめた。そこで、かれは『戦艦ポチョムキン』のなかの有名なシークェンス——市民たちが、石の階段の上で、コサック兵の一隊によって射殺されるエピソードをでっちあげたのである。いずれにせよ、エイゼンシュテイン自身が、ユトケウィッチのように、シナリオに主導的な意義をみとめず、シナリオよりも、モンタージュを重要視していたことはあきらかだ。わたしは、アガジャーノワの『一九〇五年』の一部分がふくれあがって、『戦艦ポチョムキン』になったのも、そのまた『戦艦ポチョムキン』のなかの石の階段の部分が、おそろしくふくれあがって虐殺場面になったのも、すべてエイゼンシュテインが、プロパガンダやアジテーションのため、ユトケウィッチふうの演劇的な行きかたを、断乎として破壊しなければならないと考えていたせいだとおもう。すでにかれは、演劇の領域でも、あんまり脚本には拘泥しないで、自由な演出を試み、多数の観客の目をみはらせてきたのだ。このことは、オーケストラの指揮者などが、おのれの「天才」を誇示するために、自分勝手な「解釈」をやってのけ、作曲家の意図を完全にゆがめてしまうようなばあいと混同されてはならない。芸術的手段によるプロパガンダやアジテーションは、大衆にむかって、アクチュアリティを手がかりにして、リアリティをとらえるための機会を提供することを意味するが——むろん、それは、同時に、芸術大衆化の問題である。一九二二年、「プロレットクリト」で、ジャック・ロンドンの『メキシコ人』を脚色上演したさい、その演出にあたったエイゼンシュテインは、脚色者のカットしていたボクシングの場面を舞台にのせた。つづいてオストロフスキーの『すべての賢者は単純なり』では、舞台にサーカスをもちこんだ。つまり、かれは、脚本を解体して、ヴァラエティとして再構成する方法を採用したのである。これが、後年、エイゼンシュテインの「アトラクションのモンタージュ」として、いっぱんに知られるようなった行きかたの原型だが、こういう方法をかれが考えだしたのは、あらためてくりかえすまでもなく、あたらしい意匠を追って、かれ自身を目だたせるためではなく、アジテーションとプロパガンダのため、直接、大衆芸術を再組織する必要を痛感したからにほかならない。

むろん、こういう行きかたは、なんら政治的意図のない、ただ、従来の「演劇らしい演劇」のステロタイプ的な行き方に飽きあきしている演出者の手によって、芸術プロパーの立場からとりあげられるばあいもないではなかろう。たとえばマンキウィッチが、『ジュリアス・シーザー』のあとで、『野郎どもと女たち』をとりあげたのにも、多少、その気味合いがないではない。しかし、『ジュリアス・シーザー』にしろ、『野郎どもと女たち』にしろ、いずれも一種のギャンブラーをあつかっているにもかかわらず、マンキウィッチ自身には、ほとんど乾坤一擲の精神はないような気がする。『野郎どもと女たち』は、ミュージカル・コメディであって、ミュージカル・コメディではなく、部分的には、大衆芸術のもつ自由奔放な味を生かそうという意欲がうかがわれないこともないが——しかし、かれは、依然として、てっとうてつび、演劇的なものによって支配されているようにみえる。『野郎どもと女たち』にくらべると、同じころ、オフュルスのフランスで監督した『歴史は女で作られる』は、プロパガンダやアジテーションとは無関係に、もっぱら演劇的なものを破壊するために、エイゼンシュテインにならって、「女の一生」といったようなメロドラマ映画のなかに、大胆不敵にもサーカスをもちこんでいる点において、はるかにアヴァンギャルド的であった。たとえば女主人公のロラ・モンテスが、恋びとをとりかえるたびに、しだいにかの女の社会的地位の向上していくありさまを、空中曲芸で描いているところなど、相当、辛辣な諷刺的効果をあげていた。むろん、これは、すこぶる「ハイブラウ」な行きかたで、メロドラマを期待していた観客を、ひどく失望させてしまったらしい。わたしは、アヴァンギャルド映画については、これまで、しばしば、かいてきたので、ここでもう一度くりかえそうとはおもわないが——要するに、それは、われわれの内部世界をとらえた「アトラクションのモンタージュ」にすぎないのである。わたしは、ユトケウィッチのいうように、エイゼンシュテインが、三本か四本の戯曲の演出にあたっているうちに、かれの「アトラクション」を使いつくしてしまったかどうか知らない。しかし、アクチュアリティを手がかりにして、リアリティをとらえることを念願としているかれが、演劇的なものを破壊しつくしてしまうために、ジガ・ヴェルトフなどの記録映画運動に心をひかれはじめたのは当然のことではないかとおもう。わたしは、今日のシネ・ミュージカルの監督のなかにも、エイゼンシュテインと同様のうごきのあることに気づかないではいられない。たとえば、ジーン・ケリーとスタンリー・ドネンの共同で監督したアメリカのミュージカル物には、マンキウィッチのものなどとはちがって、どの作品にも、ドキュメンタリーふうの行きかたがとりいれられているのだ。座談会で、吉村公三郎が、あくまで『オセロ』を支持して、『戦艦ポチョムキン』を軽視するので、わたしが、「歌舞伎の『鳴神』なんかみても、さっぱり、興味はないが、そいつを映画化されたあなたの『美女と怪龍』で、大薩摩を使って、『人も通わぬ北山深く、雲のたえまが分け入るは、雨ほしや水ほしやの一筋、胸底深く秘めたるは、いかなる秘策や知る由もなし』とかなんとかいう文句とともに、画面が展開していくところには、非常にアヴァンギャルド的なものを感じました。『オセロ』と『戦艦ポチョムキン』の関係も、似たようなものではないでしょうか。」というと、「あの大薩摩は、そのつもりで使ったんです。アヴァンギャルドの精神ということになれば、むろん、『オセロ』よりも『ポチョムキン』のほうが、ずっとあります。」とかれは答えた。

しかし、いっそう、正確にいえば、『戦艦ポチョムキン』は、ドキュメンタリー的な行きかたによって、当時のアヴァンギャルド的な行きかたを止揚しようとした点に、その先駆的な役割をみとむべきではあるまいか。ユトケウィッチは、ポール・ローサが、一九三〇年に出した『これまでの映画』のなかで、映画史上、画期的な作品として、ロベルト・ウィーネの監督したドイツ映画の『カリガリ博士』と『戦艦ポチョムキン』とをとりあげているのに不満で、二つの作品を同列に置いて論ずるとはなにごとか、と息まき、さらにまた、『戦艦ポチョムキン』が、ヴェルトフ一派のドキュメンタリストからも排撃されたという事実をあげ、あたかもエイゼンシュテインが、アヴァンギャルド的な行きかたも、ドキュメンタリー的な行きかたも問題にしないで、『戦艦ポチョムキン』をうみだしたかのような口吻を弄しているが――むろん、これは、ユトケウィッチ自身のアヴァンギャルド映画や記録映画にたいする嫌悪を物語っているにすぎない。たとえば、かれは、チャップリンの『巴里の女性』の画面構成にふれ、通過する汽車が画面外にあって、女主人公に扮したエドナ・パーヴィアンスの顔に、汽車の窓かられる光がちらちらするのをみて人びとは感嘆したが――しかし、すでに『巴里の女性』よりも三年はやく、エイゼンシュテインは、『戦艦ポチョムキン』のなかで、画面のワクで、進んでいく船を切り、その大きな影と、反乱した戦艦を歓迎して、有頂天になって帽子をふっている水兵たちのシルエットだけで、はるかに力強いショットを創造している、といって自慢している。とはいえ、影だけで、アクションを描く方法を最初に使った作品が『カリガリ博士』であることは、映画史上、かくれもない事実なのである。そうだとすれば、『戦艦ポチョムキン』は、『カリガリ博士』よりも、七年遅れて、そういう方法をとりいれたということになるのだ。ユトケウィッチは、エイゼンシュテインの群衆の描きかたと、トルラーやウンルーやハーゼンクレーフェルなどのドイツの表現派の群衆の描きかたとの相違を強調し、前者においては、真に群衆そのものが主人公の役割を演じているのに反し、後者においては、群衆とストラッグルをおこし、むなしくほろび去る個人がいつも問題なのである、といったような意味のことを述べている。しかし、あらためてくりかえすまでもなく、その当時のソヴェトの政治家が、ドイツの革命になみなみならぬ関心をいだいていたように、エイゼンシュテインのような鋭敏な芸術家が、ドイツの表現派の仕事にたえず視線をそそいでいたであろうことに疑問の余地はないのだ。したがって、エイゼンシュテインの独自性は、ユトケウィッチのいうように、アクションを影だけで描いたとかなんとかいうような枝葉末節の点にあるのではなく、『カリガリ博士』をはじめとするドイツ流の演劇的な——あまりにも演劇的な行きかたを、自国のドキュメンタリーの行きかたによってアウフヘーベンした点にあるというのである。もっとも、アヴァンギャルド映画というと、さっそく、コクトーの『オルフェ』を連想するような今日の若い世代には、表現派の映画を演劇的だといっても、ちょっと通じないかもしれない。そういえば、フランスの一九二〇年代のアバンギャルド映画には、超現実主義的なものが多く、すでにその当時から、われわれの内部世界を相当あざやかにドキュメンタリー・タッチでとらえていたようである。つまり、偶然のうみだす意外な効果をたくみに生かすことを知っていたわけで、それゆえにこそアヴァンギャルディストは、きわめて自然にドキュメンタリストに転化していき、ついに今日、かれらの仲間から、ブニュエルのような監督があらわれるにいたったのであろう。そういうフランスの超現実主義映画にくらべると、ドイツの表現派の映画は、ほとんどその対極に立つもので、撮影は、すべて極端にデフォルメされたセットでおこなわれ、奇妙な衣裳を着て、おもいきったメーキ・アップをした俳優が、ネジをまかれた人形のようにうごきまわっていたのだ。

したがって、エイゼンシュテインが、『メキシコ人』その他で示したアトラクションによって演劇的なものを破壊していく方向と、表現派の演劇的なものに徹底することによって、逆に演劇的なものを破壊していく方向とは、たしかにユトケウィッチのいうように、相い反するもので、いわば、「下からの革命」と「上からの革命」くらいのちがいがあるであろう。なぜなら前者は大衆芸術と直接むすびつき、大衆運動の盛りあがりの上に立っているが、後者は、なんといっても、エリートの芸術で、「劇壇」自体の行き詰りからうまれたものだ、とみればみれないこともないからだ。わたしは、ジーグフリード・クラカウアーが、『カリガリ博士』をナチスの発生の先触れだというのも、まったく理由のないことではないとおもう。そんなことを考えると、たとえば猪木正道のように、ドイツにくらべると、ロシアは後進国だから、ヨーロッパに追いつき、追いぬくためには、それもまた、仕方のないことだったというので、中央集権的民主主義をレーニンで――中央集権的民主主義をローザ・ルクセンブルクで代表させ、共産主義を、西欧共産主義と東欧共産主義の二つの型にわけたりするのは、いささか機械的で、すくなくとも一九二〇年代のロシアでは、ドイツなどよりも、はるかに中央集権的民主主義が圧倒的だったような気がしてならない。後進国ということになれば、ドイツにしても、やはり、ヨーロッパにおける後進国以外のなにものでもなく、周知のように、ローザ・ルクセンブルクやカール・リープクネヒトの行きかたは、みるも無惨に失敗してしまったのだ。そして、その失敗にたいする深い反省が、スターリンをして、あえてレーニンに反して、中央集権的民主主義に切りかえさせたのではあるまいか。第二次大戦後はともかく、わたしは、スターリンが、ロシアの人民から崇拝されていたなどとは、すこしもおもわない。崇拝どころか、前にもいったように、かれは、農業の集団化と重工業の確立を強行することによって、人民の憎悪のマトになっていたのではなかろうか。かれが、権力のピラミッドの頂上にすわっている、といったようなはなしをきくたびに、きまってわたしは、バーナード・ペアズの『ロシア』のなかに引用されていたシベリアの農民の言葉をおもいうかべたものである。「われわれは、農村を底辺とするピラミッドだ。ところが、ボルシェヴィズムは、逆立ちをしたピラミッドで、頂点を下にして立とうとしている。」と。

しかし、まあ、そんなことはどうでもいい。だからといって、わたしは、『オセロ』や『ベルリン陥落』のような作品を肯定しているわけではない。フルシチョフ秘密演説のなかで、わたしの無条件で同感したのは、『ベルリン陥落』に関する映画批評のくだりで、とりわけスターリンがベルリンへとび、飛行機から、白い服をきて、ゆうゆうとあらわれてくる場面などでは、わたしもまた、大井広介ではないが、「ゲーッと、へどのでるような気分になった。」監督のつもりでは、威あって猛からざる英雄の風貌をつたえているつもりかもしれないが――しかし、あのスターリンは、なんともかともいえない、じつにもったいぶった俗物づらをしていた。あんなスターリン像にくらべると、フランスの人民のあいだで、たいへん、不評だったピカソの描いたスターリン像などは、まことに無邪気なもので、少々、あっけらかんとした表情をしすぎてはいるが、案外、的確にスターリンの正体をつかまえているのではないかという気がしないこともない。ところで、問題は、『戦艦ポチョムキン』のうまれてきた、社会的＝芸術的原因はなにか、ということだが、中央集権的民主主義による下からの盛りあがりということともさることながら、わたしは、そのことと関連をもって、その当時、ソヴェトでさかんにおこなわれていたページェントの演出が、エイゼンシュテインにむかって幾多の示唆をあたえたにちがいないと考える。さもなければ、『戦艦ポチョムキン』のなかでのように、あれほどあざやかに群衆をさばくことはできないのではなかろうか。その他、ユトケウィッチの評論は、たしかに我田引水的であるとはいえ、かれが、エイゼンシュテインの映画とマヤコフスキーの詩との類似性を指摘しているつぎのような箇所では、わたしもまた、なるほど、とおもわないわけにはいかなかった。「マヤコフスキーが、詩語を更新しようとして、そのなかに非文学的とされていた、散文的な口語、すなわちスローガン、俗語、フイユトン（諷刺的読物）、小唄、等々をとりいれたように、エイゼンシュテインもまた、みずからの映画語をつくりだすために、おもいきって、映画ポスター、映画批評、教育映画的な手法などをとりいれた。かれらの作品のリズム、マヤコフスキーの強調された行の分割と、エイゼンシュテインのモンタージュのフレーズのカットの分割とは、同じ共通の原因をもっているように、わたしにはおもわれる。マヤコフスキーは、つねに重々しい、表現ゆたかな、そして正確な言葉を、決して装飾的な効果のためにではなく、階段のような行の配置に並べたのである。なぜなら、そうすれば、その詩の感動的、命令的な傾向性が強化されるからだ。同様に、エイゼンシュテインの短いモンタージュの断片への細分は、画面の意味上の重々しさを強調し、そしてかれのはげしい宣伝的芸術の緊張した内面のダイナミズムを、正確に表現しているのである。」

そこには詩と映画との真の意味における交流があった。そして、そうした交流は、詩人なり、映画監督なりが、お互いに、相手の領域で進行しつつあるあたらしい行きかたをまなびとろうと待ちかまえていたためというよりも、いずれも革命のにない手としての自覚の上に立ち、芸術の大衆化を――プロパガンダとアジテーションとを、それぞれ、みずからの任務と心得ていたためであった。――要するに、かれらが、ひとしく猛烈に「現在」を生きていたためであったとわたしはおもう。しかるに、われわれの周囲は、いたってのんびりしたもので、ふたたびわれわれが、当時と同じような世界革命の段階にのぞんでいるにもかかわらず、「過去」への逃避と「未来」への空想が、いまもなおのさばりかえっている状態である。たとえば、いっぱんから「左翼的」な評論家とみなされている岩崎昶は、近著『映画の理論』のなかで「ほんとうの芸術家は何よりも人間を描きたい。ミュージカルや見世物や西部劇やギャングものの中にはきわめて少量の人間しか住んでいないだろう。こうして、最近の映画芸術家のまじめな努力は、これまで映画の表現形式の宿命のように思われていた外形性をのりこえて、映画を文学と同じように、思想の問題として世界観の問題として追求しようというところへ来ている。」といっている。相いも変らず「人間」である。十年一日のごとく「人間」である。ほんとうの芸術家はミュージカルや見世物や西部劇やギャングものを、決してさけてとおろうとはしないであろう。いや、むしろ、それらのものに、かえって、未来への突破口をみいだしているであろう。そういう観点からながめるなら、『振袖狂女』だとか、『髑髏銭』だとか、あるいはまた『大暴れチャッチャ娘』だとかいったような映画にまじめにつきあっている鶴見俊輔のほうが、岩崎昶などよりも、はるかにインターナショナルなセンスの持主ではないかとわたしは考える。大衆映画のなかにふくまれている演劇的なものが――ひろくいって、文学的なものが、記録的なものによって止揚されたあとで、はじめて映画らしい映画が出現するにちがいない。われわれは、いま、政治の領域でも、ようやく革命のスタート・ラインに立っているのである。

＊『文学的映画論』中央公論社・一九五七年一月一五日刊初出、原題「映画監督論」、『大衆のエネルギー』（前出）に収録

ジャーナリスト

ベン・ヘクト、チャールス・マックアーサー共作の戯曲『第一面《フロント・ページ》』※に登場するシカゴのジャーナリストたちは、顔を剃ること、ズボンをプレスすること、その他、いろいろなことを注意してやりたくなるような薄汚い連中ばかりであり、作中人物の一人は、かれらを定義して「人間のような、猿のような、どっちつかずの特殊人種」だとさえいっているが――にもかかわらず、勇敢に事件の渦中にとびこんで、つぎつぎに障害を克服し、ひたすら特種《スクープ》を狙って猪突猛進するかれらのすがたには、どこか風車にむかって突撃するドン・キホーテの面影があり、いささか痛快な気がしないでもない。しかし、作者もことわっているように、こういうドン・キホーテ型のジャーナリストは、アメリカでは、すでに過去の遺物に属しており、いまでは、日本でも、なかなか、容易に発見することはできないかもしれない。

それかあらぬか、堀田善衛の小説『広場の孤独』には、二つの世界の対立の激化した今日、どちらにころんでも、いっこう、さしつかえのないように、終始一貫、「不偏不党」の態度をとりつづけようとして思い悩んでいる、たいへん、知的な――しかし、きわめて非行動的な、ハムレット型のジャーナリストが、主人公としてとりあげられており、かれと交渉する内外のジャーナリストたちにしても、ことごとく、非のうちどころのない紳士ばかりであり、シカゴの先輩を思わせるようなむさくるしい人物は、ただ一人としてあらわれない。しかし、それにしても、どうしてこの小説の主人公は、顔を剃ったり、ズボンをプレスしたり、あるいはまた、靴をみがいたりすることは忘れないらしいが、報道というおのれの仕事に熱意をもつことだけは、きれいさっぱり、忘れはてているのであろう。それは、必ずしもかれが、入社してようやく十日目の臨時雇のせいばかりではなさそうである。

元来、事実の報道に重点をおき、主義や主張にとらわれないというジャーナリストの建前は、利害を異にする多数の読者の獲得という資本の要求からきており、ドン・キホーテ型のジャーナリストが、いかに、「不偏不党」であったかは、『第一面』に登場するジャーナリストたちが、警察の側にも立たず、社会主義者の側にも立たず、ニュースの提供者として、両者を、ひとしく尊重している、というか、鼻であしらっている、というか――とにかく、至極、公平な態度でとりあつかっていることによってもうかがわれる次第だが――しかし、ハムレット型のジャーナリストは、それほど、無邪気に、資本の要求にたいして忠実ではあり得ない。危機の切迫は、報道者であろうと努めているかれらを、ともすれば批評家《クリティック》にしてしまうのだ。『広場の孤独』の主人公に、なんとなく煮えきらないようなところのあるのは、一般に考えられているように、あくまでかれが、「不偏不党」の態度をまもりぬこう

※サッコ・ヴァンゼッチ事件にヒントを得てつくられた。後にルイス・マイルストーンによって映画化され、日本では、『犯罪都市』の題名で公開された。

としているからではなく、むしろ、反対に、そういう態度を一擲しようとして、躊躇逡巡しているからではあるまいか。

林語堂は、『中国における輿論および新聞の歴史』のなかで、ジャーナリストを、権力にたいして命賭けの闘争を試みる無告の代弁者としてとらえているが――むろん、転形期における政治批判《パブリック・クリティシズム》のにない手は、ジャーナリスト以外のなにものでもなかろう。『広場の孤独』の主人公とはちがって、かれらは完全に煮えきっており、はっきりした党派的な立場の上に立って、大胆不敵に、おのれの主張をつらぬこうとするのだ。「党錮」と呼ばれる漢代における学生たちの猛烈な反抗、魏晋の時代における文人たちの搦手からの攻撃、宋代における学生たちの英雄的な請願運動、明代における御史や東林学徒の宦官にたいする対立。――林語堂は、近代以前のジャーナリズムの歴史について語りながら、ジャーナリストの概念を著しく拡張して、学者や芸術家や官僚をも、かれらが民衆の側に立って発言しているかぎり、ことごとく、ジャーナリストとみなしている。戸坂潤が、「不偏不党」を標榜する官僚やアカデミシアンの対極に、ジャーナリストを置いて考えているのも、林語堂と同様、ジャーナリストの批評家としての社会的役割に注目しているからであろう。

もっとも、かくいえばとて、必ずしもわたしは、批評家としてのジャーナリストを、報道者としてのジャーナリストよりも、高く評価しているわけではない。今日のような時代においては、ジャーナリストの報道者から批評家への転化は、一箇の歴史的必然であるかもしれないが――しかし、みずからのなかに報道者を含んでいないような批評家は、もはやジャーナリストとして失格しているのではなかろうか。林語堂のいわゆるジャーナリストたち――主義や主張に憑かれ、熱狂し、興奮し、盲滅法に敵を論難している批評家たちが、つねに敵の術中におちいって、一敗地にまみれてしまうのは、ニュースの蒐集以外のことには、いっさい、興味のない、冷淡で無神経で、人を人とも思わない、報道者の非情冷酷な態度が、かれらに欠けているためかもしれない。しかし、はたしてわれわれの周囲に、報道者であると共に、批評家でもあるような、そういうジャーナリストがいるであろうか。わたしは、編集者《エディター》としてのジャーナリストこそ、その種のジャーナリストではないかと思う。むろん、編集者は、時代のうごきに即応し、あるばあいには、報道者としてのおのれを――他のばあいには、批評家としてのおのれを、ヨリ多く発揮するであろうが――しかし、いずれにせよ、かれが、両者の綜合の産物であることに疑問の余地はない。編集者としてのジャーナリストは、レーニンのいうように、宣伝者《プロパガンディスト》であり、煽動者《アジテーター》であり、さらにまた、組織者《オルガナイザー》でもあるのだ。

わたしは、いま、林語堂にならって、「日本における輿論および新聞の歴史」をたどる余裕はないが、明治以後について考えてみても、最初の海外ニュース翻訳の時代をへて、新聞の中心は「社説」となり、批評家としてのジャーナリストが大きくクローズ・アップされ、つづいて、大正から昭和へかけて、新聞の営利主義が支配的となるとともに、報道者としてのジャーナリストが、極端に重視され、現在、ふたたび報道よりも、むしろ批評にたいする関心がたかまり、明治初期と同様、批評家としてのジャーナリストが、次第に進出しつつあることはあきらかであり、以上、述べたようなわたしのジャーナリストに関する見解が、必ずしも根拠のないものではないということを、直ちに歴史的に証明することができるはずである。

しかし、誤解をさけるため一言して置くが、むろん、わたしは、これからはじまるであろうジャーナリズムの「批評時代《クリティカル・ペリオド》」が、明治初期の状態をそのままの形で、再現するというのではない。したがって、また、批評家としてのジャーナリストの在り方にしても、当時といまとでは、ほとんどまったく共通点がないかもしれないと考えているのだ。たとえば、明治の新聞には、最初「大新聞」と「小《こ》新聞」の二種類があり、その「大」「小」の呼称は、前者が、知識人相手の政論を主とした大型の新聞であったのに反し、後者が、大衆相手の三面記事を呼び物にした小型の新聞であったところからきており、必ずしも発行部数の多寡や名声の有無を意味するものではなかった。しかるに、いまでは、数百万の発行部数を有する有名な「大新聞」は、型こそ大きいが、ほとんど批評性を喪失しており、かえって、タブロイド型かなんかで出されている「小新聞」——民主的な政党や組合や文化団体などの機関紙のなかに、しばしば、溌剌とした政治批判《パブリック・クリティシズム》がみられる。もしもそうだとすれば、新しい批評家としてのジャーナリストたちが、明治時代の「大新聞」の社説をうけもっていた福地桜痴だとか、成島柳北だとかいう紳士たちに、いささかも似ていないことはいうまでもあるまい。

殊に『東京日日』の主筆として、「吾曹先生」の名によって一世を風靡した福地桜痴などは、自由民権論に対抗して、藩閥政府の擁護につとめた御用記者にすぎず、文章家ではあったが、批評家ではなかったのだ。それは、かれのファンであり、かれと似たような性格の持主である徳富蘇峰が、かれの論説をとりあげて、「氏が文章の風調に富み、之を論ずるに於て自然の節奏に合い、瀏亮婉転たるは、氏が平家物語、太平記より得来りたる特色にして、氏が擅場の一ならん」といっていることによってもうかがわれよう。その点、現在の機関紙の批評家たちの文章は、明治の「大記者」の文章よりも、大正や昭和の報道者の文章に近く、充実した内容を、乾燥した、機械的な文章に托して表現している。むろん、かれらの日常もまた、福地などにくらべると、お話にならぬほど地味であり、シカゴのジャーナリストではないが、顔を剃ること、ズボンをプレスすること、その他、いろいろなことを注意してやりたくなるような、みすぼらしい風体をしているかもしれない。しかし、それがなんであろう。日本の未来をになうジャーナリストたちが、かれらであることはたしかなのだ。森鷗外の『雁』の主人公である高利貸は、福地の隣りに住んでいるが、かれの隣人にたいして、次のような簡潔な裁断をくだしている。「隣の福地さんなんぞは、己の内より大きな構をしていて、数寄屋町の芸者を連れて、池の端をぶら附いて書生さんを羨ましがらせて、好い気になっていなさるが、内証は火の車だ。学者が聞いてあきれらあ、筆尖《ふでさき》で旨い事をすりゃあ、お店ものだってお払箱にならあ」と。

もっとも、明治初期のジャーナリストたちのあいだには、中江兆民、田口卯吉、福沢諭吉といったようなすぐれた批評家もおり、必ずしも福地のような文章家ばかりがいたわけではない。中江や田口は、自由党の機関紙である『自由新聞』に拠り、藩閥政府に対抗しながら、悪戦苦闘したが、そのファイティング・スピリットたるや相当のものであり、プレス・コードに違反しまいと絶えず神経をつかいながら、されればといって自分自身を、完全に支配階級の手先だとも考えたくない『広場の孤独』の主人公のような、今の多くのジャーナリストたちのことを思うと、まったく隔世の感をいだかないわけにはいかない。

したがって、現在、ブルジョア・ジャーナリズムを克服し、プロレタリア・ジャーナリズムを確立するために、大いに機関紙のもつ重要性を強調するひとのあるのは当然だが——しかし、そのなかには、ブルジョア・ジャーナリズムの衰弱がなによりその批判性の喪失からきていることに思いいたらず、全国的な組織をもつ政党なり、組合なりが、職場に、都市に、農村に、数千、数万の報道者をもつようになれば、「大新聞」など物の数ではない、というような景気のいいことをいいながら、依然として、ブルジョア・ジャーナリズムの報道第一主義の影響からぬけきっていないひとが少くない。むろん、報道者の数は多いに越したことはなかろう。しかし、転形期におけるプロレタリア・ジャーナリズムの最大の課題は、いかにして政治批判《パブリック・クリティシズム》の威力を、あますところなく発揮するか、ということであり、したがって、そのばあい、事件の報道よりも、事件の意味を解明し、それにたいして、きびしい批判を試みることによって、そこから行動への指針をひきだすことに、力点が置かれなければならないことはいうまでもない。そもそもプロレタリア・ジャーナリストが、報道という仕事に情熱を感ずるのは、かれが報道者である前に、まず、批評家であるためではなかろうか。批評家が報道者となり、報道者が批評家となり、それぞれが編集者としての自覚をもって、報道し、批評するようになれば、理想的なジャーナリストがうまれるであろう。

林語堂は、前掲の著書のなかで、憲法の保証のないところでは、いかにジャーナリストが、道徳的勇気をふるって、権力に対抗したところで、必ず惨澹たる敗北におわるといっているが――しかし、ミシェルの『レジスタンスの歴史』を読むと、あながちそうとばかりもいえないようだ。一九四〇年には、数種の非合法的なビラや新聞が、せいぜい、数百部発行されていたにすぎなかったが、四年後においては、百に近い大新聞、四百ないし五百の地方または、地区新聞が非合法に発行され、その総発行数は二百万に達するにいたった。このように活発な非合法活動が、「許可なくして印刷物を製造頒布したるものは、重懲役に処し、特に重大なる場合には死刑に処す」というドイツ軍政当局の命令が厳存していたにもかかわらず、行われたのだ。そうして、一九四四年には、ヴィッシーの新聞の読者よりも、非合法新聞の読者のほうが、はるかに多かったということである。

＊近代日本文学講座1『近代日本文学の背景』河出書房・一九五二年五月二〇日刊初出、原題「ジャーナリズム」、『アヴァンギャルド芸術』（未来社・一九五四年一〇月三〇日刊）に収録

二十世紀における芸術家の宿命——太宰治論

　宿命とは、行動の世界において、自由と必然とが、縺れあい、絡みあい、互いに死力をつくして争うばあいにうまれてくるものであり、それを定義して、自由のほうに重点を置き、自由なるものの必然といってみたところで、或いは、必然のほうを強調して、必然なるものの自由といってみたところで、いずれも大して間違っているわけでもあるまいが、また、いずれも大して当っているという感じもおこらず、どうせこういうあやふやな定義の枠のなかなどに、おとなしくおさまってくれるような相手ではなく——いや、定義しようとすればするほど、いよいよもやもやと墨を吐きはじめ、正体をくらまそうとする傾向のある相手であることを考えると、宿命の定義に拘泥したりするよりも、むしろギリシア人みたいに、三人の女神を登場させ、クロトーは宿命の車を転じ、ラケシスは宿命の糸を紡ぎ、アトロポスは宿命の糸を断ち切る、とでもいったほうが、いささか手工業的な嫌いがないでもないが、よほど宿命の性格がはっきりしてくるような気がする。

　数日来、あんまり気味のよくないこの宿命という言葉が、しきりにちらちらと頭に浮び、次第に強迫観念のようになり、絶えず正確な定義を迫るので、実はいささか辟易しているわけであるが、思うにこれは私が、近ごろ、精をだして、太宰治の作品を二十数冊、たてつづけに読破し、そこにみなぎっている濛々たる宿命感に、すっかりあてられてしまったためであるらしい。いったい、シーザーとか、ナポレオンとか、太宰治とかいう人物には、すこぶる迷信深いところがあり、時々、我々を茫然とさせるが、これはかれらが、外界の複雑な変化や、内心の微妙なうごきを、分析的にではなく、直観的に、一挙に把握し得るという抜群の敏感さをもち、その敏感さの故に、自由意志にもとづく、どうにでもなるという思いと、必然的なものからうけとる、なるようにしかならないという思いとが、対立したまま、かれらのなかでいりまじり、事態のすべての推移を、どうにでもなるが、しかし、また、それと同時に、なるようにしかならない、宿命として感じ、その宿命感を、なにか周囲の偶然の徴候や、束の間の衝動などに帰するからであろう。

殊に太宰治のばあい、かれの宿命感は、ほとんど原始人のそれを思わせるほどに高まっており、たとえば、かれの作品『衣服について』のなかにあらわれる、それを着て出ると、いかに天気晴朗の日であっても、たちまち風を呼び、雲を呼び、天地晦冥、盆をくつがえすがごとき雨となる着物のように、宿命は、絶えずかれの身にぴったりとまといつき、かれの意志を超え、かれの自由を無視し、圧倒的な力でかれを支配しつづけながら、いつもかれを戦々兢々たる状態に置き、平凡な日常の出来事にも独特の意味をみいださせ、普通人には、とうてい想像することもできない、重苦しい、自暴自棄の気分にかれをおとしいれるが、しかもこのことはまた、翻って考えるならば、かれにたいして、全宇宙を左右する力が、わかちあたえられているということの証拠でもあり、したがって、そういう宿命が、ほかならぬかれの宿命であって、かれ以外のものの宿命ではあり得ないという自覚となり、今度はそれが逆にかれを有頂天にし、不敵な、自信満々たる状態にひきあげ、他人にむかって、きわめて尊大な態度をとらせることにもなる。すなわち、いっぱんに、宿命は、超個人的なものであるとともに、個人的なものでもあり、そこでそれぞれのばあいに応じ、我々のいだく感じもまた、まったく相い反したものとなるが、さきにも述べたように、こういう宿命の二つのあらわれも、それからうまれる二つの感じも、交互におこるのではなく、つねにいりまじり、対立したまま、一つの宿命乃至は宿命感をつくりあげる、二つの要素としてはたらいており、それかあらぬか、所詮、統一を期待し得ない対立物の闘争をみるとき、ともすれば我々は、そのすさまじい光景から、宿命という印象をうけがちである。

しかし、太宰治が宿命的であるというのは、いっそう限定された意味においてであり、単にかれが、雨を降らせる力をもつ衣服にも似たかれの宿命のために、つねに割り切れない気持を味い、引裂かれた心境を持ち扱いかねているためでも、或いはまた、かれの宿命が、芸術家のそれであり、かれが、不可思議な芸術というもののために、思う存分、鼻づらをとって引き廻され、それにたいして愛と憎しみとを同時に感じながら、おのれの才能を誇り、かつ呪っているためでもない。そういうことは、人間であり、芸術家である以上、当然のことであって、なにもかれ一人にかぎったことではないのだ。特にかれを宿命的と呼ぶ理由は、実にかれが、宿命というもののするどい自覚の上に立つ芸術家のつねとして、一方において、かれの芸術を創造しながら、同時に、他方において、かれの創造する芸術を絶えず破壊しようと試み、その結果、形式においても、内容においても、対立する二つの要素によって支えられ、はげしく緊張しながら波立っている、宿命感のみなぎり溢れた、新しい芸術を実現したからにほかならなかった。

かれの小説は、いわば小説というものの白鳥の歌であり、いささかも小説の未来性を信ぜず、むしろ、その終焉の日を一日でもはやめようとして、小説のなかに、それを否定し、それに反抗し、それを破壊しようとする物語の要素を敢然とみちびきいれることによってつくられたが、それはかれが、今日の小説の古典的完成の前に手も足も出ず、形式の点で、なにか新機軸をだそうとして物語の手法に走ろうとしたためでもなく、また、その内容の点で、「なるようにしかならない」小説の灰いろの世界に堪えきれず、「どうにでもなる」物語のはなやかな世界へ逃れようとしたためでもなく、すべてそういう若々しい心のうごきとは関係なく、反対に、日夜、宿命感に責め呵まれ、一気に年をとってしまい、あらゆるものが二重にみえはじめたかれの老眼に、生活のディテイルを、因果律をたよりに、こまごまと描いてゆく小説の形式や、必然性の上にあぐらをかき、悠々と落着きはらっている小説の内容が、あまりにも苦労をしらない、単純素朴なものとしてうつり、それが現実的な顔をすればするほど、ますます非現実的な気がしだし、どうしても現実のすがたをあますところなく捉えるためには、目的論的に構成された事件のつぎつぎにおこってゆく有様を、因果律を無視して描いてゆく物語の形式や、必然性のかわりに自由意志の跳梁する物語の内容を、小説の形式や内容と、縺れあい、絡みあわせることが必要だと思ったからであった。幸い、物語は、日本のフォークロアの形をとり、かれの頭のなかに潑剌として生きていた。こうして、どうにでもなるが、しかし、また、それと同時に、なるようにしかならない、かれの『晩年』の世界ができあがった。それは自由なるものの必然の世界であり、必然なるものの自由の世界であった。超個人的なものであると共に、個人的なものである、宿命だけの支配している世界であった。

『オルソドクシイ』のなかで、チェスタートンは、イギリスの快走艇操縦者が、いささか航路をあやまり、その結果、南海の新しい島だとばかり信じながら、実はイギリスを発見する、という筋の小説を書き、大いに浪漫精神を鼓吹したいとねがっているが、太宰治の日本発見の顚末には、いくらか右の小説の主人公を思わせるものがある。必然性と因果律によって骨格を形づくられている近代小説に不信の眼を投げ、それにたいして、目的論と自由意志によって筋金をいれられているフォークロアを対立させ、両者の対立を対立のまま統一することによって新しい表現をみいだし、二十世紀の小説家として、すくなくとも日本においては前人未踏の境地を開拓したと考え、多少、孤独な先駆者としてのおのれの宿命に自負を感じないでもなかったかれは、やがて西欧的なものと日本的なものとの殊更の対立を主張し、西欧的なものを誹謗し、日本的なものを称揚する時代の風潮のなかで、いまさらのごとく近代小説が西欧的なものであり、フォークロアが日本的なものであることを悟ると共に、意外にもすこしもかれが孤独ではなく、かれの小説が流行の尖端を切っており、かれの宿命に、日本人一般の宿命と共通するもののあることを知って愕然とする。つまるところ、かれもまた、「南海の新しい島」だとばかり信じながら、実は日本へ上陸していたのだ。探険家の眼をもって、それとは知らず眺められた日本の風景に、勝手知った土地をのそのそ歩き廻り、日本的なものの讃美に憂身をやつしていた連中のとうてい気づき得ない、スリルとサスペンスとのあったことはいうまでもない。たとえば、『ダス・ゲマイネ』の場面を構成する、甘酒屋の赤い毛氈を敷いた縁台には、異様なうつくしさがなかったか。フランス抒情詩の講義を聞きおえて、そこへ登場してくる大学生の口ずさむ、梅は咲いたか桜はまだかいな、という「無学な文句」には、はたして詩がなかったか。その相手である、端午だとか、やみまつりだとか、八十八夜だとかを気にする、暦に敏感な音楽家の性格は、そのあまりの古めかしさの故に、かえって奇抜ではなかったか。ここでは、西欧的なものと日本的なものとの殊更の対立が、意識的に強調されており、その対立のうみだす摩擦や衝突の効果がいかにもユーモラスであり、日本的な風物を背景として、ヴァレリーと直接論争したり、ラヴェルを狼狽させたりするような作品を発表したいという、若々しい夢の無惨にも破れ去ってゆく過程が描きだされ、作者は、みずからのなかに大切にはぐくみつづけながら、ついに日の目をみる機会もなく、はかなくほろび失せてしまう西欧的なものと、ほとんど好意をもたず、むしろ、いじめつけているにも拘らず、なお逞しくかれのなかに生きつづけている日本的なものとの葛藤によって、がんじがらめに縛りあげられてしまっている、かれもまたその一人である、日本における前衛芸術家の宿命を自嘲しているかにみえるが、しかし、意外なことに、かれの意図する芸術にとっては桎梏にすぎないはずの古風な日本的なものが、『晩年』におけるがごとく、この作品においても、かえってウルトラ・モダアンの美でかがやいていたのである。作者はいう。

いまより、まる二年ほどまえ、ケエベル先生の『シルレル論』を読み、否、読まされ、シルレルはその作品に於いて、人の性よりしてダス・ゲマイネ（卑俗）を駆逐し、ウール・シュタンド（本然の状態）に帰らせた。そこにこそ、まことの自由が生れた。そんな所論を見つけたわけだ。ケエベル先生は、かの、きよらなる顔をして、「私たち、なかなかにこのダス・ゲマイネという泥地から足を抜けないもので――」と嘆じていた。私もまた、かるい溜息をもらした。「ダス・ゲマイネ」「ダス・ゲマイネ」この想念のかなしさが、私の頭の一隅にこびりついて離れなかった。(『信天翁』ダス・ゲマイネに就いて)

誤解を避けるために、ふたたび断って置くが、太宰治が、従来の小説に日本のフォークロアを対立させ、対立を対立のまま統一することによって、黒人の造形美術を連想させるような、古典美学に反抗する、奇異な作品を書いたのは、因果律と必然性とによって支配されている小説の世界を、たしかにダス・ゲマイネと感じたためにちがいないが、必ずしも目的論と自由意志との君臨するフォークロアの世界(童話の世界といってもいい)をウール・シュタンドと考えたためではなく、自由と必然との対立からうまれるおのれの宿命に、単に忠実であろうとしたためにすぎなかった。『晩年』のなかの『ロマネスク』は、宿命の自覚によって新しい現実のみえはじめたリアリストの手になるものであり、「まことの自由」を求めて、必然的な現実の世界から、自由な架空の世界へ脱出するのをつねとした、過去のロマンチストには、とうてい期待し得ない作品であった。太宰治にとって、小説の必然がダス・ゲマイネであったとすれば、フォークロアの自由もまた、ダス・ゲマイネでなければならなかった筈だ。フォークロアの自由は、小説の必然の裏返しにすぎず、その自由はフォークロアが小説よりもウール・シュタンドに近いからではなく、そこでは、因果的には最後に実現されるものが、最初の予想となり、事件の全体を規定する原理となっており、因果の系列にしたがって事件の展開してゆく小説の必然とはまったく逆の関係に立っているから存在するのであり、それが、必然を自家薬籠中のものにした、真の自由でもなんでもないことは、いまここで、あらためて断るまでもないことだ。

さて、以上の前置きをして、さらに『ダス・ゲマイネ』における日本的なものと西欧的なものとの対立の問題を考えてみよう。何故前置きをしたかといえば、日本的なもののみを尊重し、西欧的なものといえば、ことごとく蔑視しようとした時代の風潮のなかで、後に太宰治自身ですらが、多少、錯覚をおこしたように、ともすれば読者もまた、近代小説の必然をもって代表される西欧的なものをダス・ゲマイネとして、フォークロアの自由をもって象徴される日本的なものをウール・シュタンドとして、あやまって受けとらないでもないと心配したからだ。元来、私の意見によれば、太宰治にとっては、西欧的なものも、日本的なものも、共にダス・ゲマイネであるべきであった。しかし、私の意見は、屢〻、事実によってくつがえされる。現に『ダス・ゲマイネ』においては、たしかに日本的なものはダス・ゲマイネとして捉えられ、前にもいったように、そのあやしいうつくしさが描かれているが、これに反して西欧的なものは、ウール・シュタンドというほどではないにせよ、すくなくともヨリ多くの自由をもつものとして捉えられており、作品全体に脈打っている西欧的なものにたいする作者のノスタルジアには、まことに並々ならぬはげしさがあった。いかにもあるべきところのかれの姿と、あるところのかれの姿との間には相当のひらきがあり、むろん、それがかれの宿命である以上、日本的なものと西欧的なものとの対立を、ひいてはフォークロアと近代小説との対立を、一刻も忘却するようなことはなかったとはいえ、私の意見のように、いつもかれが、両者を共にダス・ゲマイネにすぎないと考えていたわけではなく、それぞれの時代に応じて、いずれか一方だけを、たしかにかれはダス・ゲマイネとして受けとっていたかのようである。

こういう私の物のいい方は、いかにも廻りくどいが、なにも私に、婉曲な言葉をつかって、太宰治が時代と共に変ってゆき、或るばあいには時代にたいして逆行し、或るばあいには時代と共に歩いていったことについて、皮肉をいうつもりがあるわけではないのだ。かれの反俗性は有名だが、かれが俗物であろうと、反俗的俗物であろうと、或いはそのいずれでもなかろうと、そういうことは、いまの私には、どうでもいいのだ。ここで私は、かれの、私の、そうして我々と同時代の芸術家たちの、出発するや否や、たちまち中途にも達せず、挫折してしまった、大きな仕事について考えているのである。太宰治の宿命が、かれを駆って、近代小説と日本のフォークロアとへおもむかせたとき、両者の対立は、もとより歴然としていたが、最初、それらはいずれも否定すべきものとして取り上げられていたのであり、もし、ひとあって、かれにたいして、その対立を、西欧的なものと日本的なものの対立として取り上げ、さらにそれを二者択一の問題として解決しなければならない、などといったら、おそらくかれは、ひどくばかばかしい気がした筈だ。宿命というものが、それほど簡単に、形式論理的に解決されよう筈がないのだ。もしも宿命が、必然と自由との絡みあいからうまれるものなら、抑々、かれが、科学者にもならず、宗教家にもならず、芸術家になっているのは、かれが、必然にでもなく、自由にでもなく、その絡みあい自体にたいして、ひと一倍、屈託する生れつきだからではなかろうか。こういう性格をもつかれが、近代小説とフォークロアとを、同時に取り上げるとすれば、その結果は、いうまでもなく明らかであり、かれは、両者のいずれをも肯定せず、その縺れあいにのみ最も興味をもち、そうして、そこから、小説でもなければ、フォークロアでもない、まったく新しい、名づけようのない作品を、なんとかして創作しようとするにちがいないのだ。したがって、かれの芸術にとっては、統一の見込みすらない対立物の闘争が不可欠であり、対立物のいずれか一方を取り去ることはもちろん、いくらかでも一方が優勢になり、他方の勢が衰え、闘争が下火になるということは、まったく致命的なことにちがいなかった。元来、近代小説の伝統のつくられて以来、なおいくばくでもない日本において、こういう熾烈な対立をみずからのうちに感じ得るためには、よほどひとは、芸術家として宿命づけられていなければならない。おそらくそれは、日本的なものと西欧的なものとの対立であるでもあろう。しかし、問題は、あれか、これか、にあるのではなく、いずれをも否定して、いまだかつてない、素晴らしいインターナショナルな芸術を、我々の手によってつくりだすということにあるのだ。

思えば、『ダス・ゲマイネ』のなかにみなぎるべくして、みなぎることのできなかった、こういう鬱勃たる日本の芸術家の意気は、その後、まったく地を払ってしまったかのようだ。作者自身は、その作品において、当時、すでに支配的になろうとしていた日本的なものに抵抗しつつ、結局、力つきて、西欧的なものの挽歌を書いたわけだが、それからもなお西欧的な題材とは取り組んでゆき、『走れメロス』『駈込み訴え』『女の決闘』『新ハムレット』等を次々に発表していった。しかし、作者のなかの西欧的なものと、日本的なものとの均衡はすでに破れており、『ダス・ゲマイネ』のばあいとは反対に、前者は、あきらかに後者の支配下にあり、したがって、いずれも二十世紀の国際的水準には達し難く、殊に『新ハムレット』にいたっては、ジャン・サルマンの『ハムレットの結婚』にさえ遠く及ばない。かれのなかの日本的なものが、のさばりはじめると、『晩年』の作者は老醜をさらすどころか、逆にだんだん若返ってゆき、ついに子供に返り、『お伽草紙』においては、『カチカチ山』や『舌切雀』の話に真面目な興味を示すにいたり、たとえ敗北したとはいえ、なお『女の決闘』においては颯爽として行った、近代小説との決闘のほうは忘れはててしまう。

一口に日本的なものというが、日本的なものにもいろいろあり、大ていは、日本の支配階級の芸術と結びつき、封建的イデオロギーの維持強化に役立つものばかりが、その名をもって呼ばれてきたが、なかには石川淳のように、江戸時代のブルジョア芸術を透して日本的なものを捉えているひともあり、或いはまた、太宰治のように、フォークロアとしてそれを摑んでいるひともあり、こちらはいずれも日本の被支配者階級の芸術であって、いわば日本的なもののなかの異端にほかならず、ここにかれらの、ともすれば反俗性を強いられる所以があった。殊に石川淳のばあい、かれのなかの日本的なものと対立させる相手の西欧的なものが、太宰治にくらべると、戦争中もはるかに強靭に生きつづけており、しかも、その日本的なもの自身にしてすらが、同じ日本的なもののなかの異端といっても、太宰治のそれよりも、周囲の封建的なものにたいして、いっそう多くの摩擦面をもち、まさに内憂外患、多年の風霜に堪えて、ようやく完成した、近代小説と物語との克服の上に立つかれの芸術は、いかにも一応、独創的なものにちがいないが、遺憾ながら、あまりにも長い間、いためつけられてきたため、亭々たる巨木にまで生長することができず、枝ぶりあざやかな盆栽の面影しかない。もしも太宰治が、近代小説とフォークロアとの対立を、あくまで対立のまま、統一しようと努め、『お伽草紙』や『ろまん燈籠』において試みたように、対立を解消して両者の妥協を企てるような安易な道を選びさえしなければ、おそらくかれの芸術は、石川淳のそれよりも、なおどんどん伸びてゆく可能性があるであろう。何故というのに、フォークロアは、江戸文学よりも、近代小説にたいして、芸術的方法の上では、はるかに深く対立しており、それだけにフォークロアと近代小説との統一は、江戸文学と近代小説との統一よりも、比較にならないほど、困難な道であるからだ。ただ、問題は、今後、太宰治のなかの近代小説克服の意欲が、はたして石川淳のそれほど、強烈であり得るかどうか、ということだ。すなわち、太宰治のなかの日本的なものは、社会的には、これまで石川淳のばあいほど、封建的な空気のなかで息苦しさを感じないですんだかもしれないが、これからはその関係が逆になり、さらにまた、芸術的には、かれのなかの西欧的なものが石川淳と同程度に強化されるなら、石川淳以上に、はげしくそれと対立しなければならず、その結果、後者のように、巧緻な作品を生み出し難くなる筈であり、したがって、その容易に作品の纒らなくなるところに、強く将来性を期待させるものがある、というわけだ。

戦後の日本においては、封建的残滓の清掃がなによりの急務とされ、もっぱらこれにたいして集中攻撃が加えられており、特に農村方面において、家と結びつくことによって、封建的なものと共存しながら、これを支えつづけ、いまなおいささかの衰えをもみせず、依然として人びとの生活を支配している、前封建的な、むしろ、原始的なものは、ほとんど誰からも注目されず、放置されたままになっているかのようだが、生産の面においても、流通の面においても、或いはまたイデオロギーの面においても、こういう原始的なものを急速に農村から駆逐するということが、我々のアジア的停滞性を打破するためには、絶対不可欠の課題なのではあるまいか。日本のフォークロアは、こういう原始的なものの宗教的表現である神話の、語り伝えられているあいだに芸術的表現をとったものであり、柳田国男の言葉を信ずるならば、さまざまな変種を保存しながら、世界に類をみないほど、そのゆたかな表現を誇っており、日本は、ほとんどフォークロアの実験室の観があるそうだが、このことは、もちろん自慢にはならず、日本の停滞性を証拠だてる以外のなにものでもなかろう。しかしながら、ここにまた、日本の前衛芸術家にとっては千載一遇の好機会があるのであり、かれらは身辺に、豊富な原始芸術の見本をもち、その非合理的というよりも、むしろ前論理的な芸術的方法を、近代芸術の合理的方法と対立させ、そこからまったく新しい、国際的水準を凌駕する、二十世紀的な芸術を創造することができるのだ。ジョイスが、アイルランド文芸復興に冷淡であったのは、フォークロアに興味をもつイエーツらが、ナショナルなものを、単にナショナルなものとして押し出そうとしたからであって、なにもナショナルなもの自体に芸術的価値をみとめなかったからではなく、逆にその価値をかれら以上にみとめていればこそ、かれはナショナルなものを、インターナショナルに生かしたいと思ったのだ。

宿命の命ずるがままに、フォークロアと近代小説とを対立させたときの太宰治には、そういう『二十世紀旗手』としての矜恃しかなかったのだが、フォークロアが日本的なものであり、伝統的なものであり、郷土的なものであることを自覚すると共に、かれのなかにも、根強く、フォークロアのなかにながれている原始的なものが生きつづけていることを知り、最初は、それだけますますはげしく西欧的なものにノスタルジアを感じていたにも拘らず、ついにその反動のためであろうか、反対に今度は日本的なものに居たたまれないほどのノスタルジアをいだくにいたり、かれが日本人であり、東北人であり、「津島のオズカス」であることを、誰にでもみとめて貰いたいと思いはじめる。

私は津軽の津島のオズカスとして人に対した。（津島修治というのは私の生れた時からの戸籍名であって、また、オズカスというのは叔父糟という漢字でもあてはめたらいいのであろうか、三男坊や四男坊をいやしめて言う時に、この地方ではその言葉を使うのである。）（『津軽』）

二十世紀の芸術家の不幸な宿命を放棄し、フォークロアの主人公の幸福な宿命を、代りにみずからの宿命として採用するや否や、家からは見捨てられ、故郷にも帰ることができず、周囲からは白眼視されていた孤独なかれは、フォークロアの成功譚において、極度の怠け者や、法外な馬鹿や、非常な無頼の徒が、そうして、大ていは軽蔑されていた三男坊や、四男坊が、誰の手によっても不可能であった難事業を、いともやすやすとなしとげるように、たちまち新しい芸術をつくりだした英雄として、人びとの喝采をうけ、ついに待望の『帰去来』を書くことになる。そこでは家は、封建的でもあるが、それよりも主として、例の原始的なものによって充たされており、薄暗い部屋のなかには、家の霊が巣食い、家族は、眼にみえない血縁の糸によってあやつられている、でくのぼうででもあるかのようだ。こういう家に帰ることができたのは、まさにオズカスの勝利ではあったであろうが、同時に二十世紀の芸術家の敗北であったことはいうまでもない。前にもいったように、ひとつには、かれの類い稀な敏感さのためもあろう。しかし、それ以来、かれの作品のなかには、夢だとか、予感だとか、前兆だとか、吉だとか、凶だとか――いまだに日本の農民の大部分によって、すこぶる真面目に信じられている、そうしてかつて『ダス・ゲマイネ』において、かれによって、あれほど辛辣な嘲笑をうけていた、アジア的生産様式に規定され、現に日本ばかりでなく、他の東洋諸国においても執拗に生き残っている伝統的なアニミズムが、その奇怪な姿を、朦朧とあらわしはじめ、やがてそれが徐々に作品の隅々まで支配してゆき、しかもそれが、今度は前とちがって、喜劇的にではなく、むしろ悲劇的に描きだされているので、作品全体が、作者の意志に反して、一種蒙昧な、時代錯誤の空気につつまれることになり、芸術家の宿命に背くということが、いかにその芸術家自身にとって、致命的な結果をうむものであるかを如実に示している。にもかかわらず、作者は、そういうフォークロアの主人公の宿命をもって、恰《あたか》も二十世紀の芸術家の宿命ででもあるかのように強弁し、いよいよ宿命の正体を神秘化しながら、あくまでかれの芸術家としての特権を守ろうとするもののようだ。芸術家には特権はない。そうして、もしも二十世紀の芸術家の宿命が神秘的にみえるとすれば、それはかれが、つねにかれの内部に、極端に合理的なものと、極端に非合理的なものとの、ぎりぎりの闘争を感じており、しかもそのいずれにも左袒せず、どこまでも実証的であろうとするからであった。それは必ずしも二十世紀の芸術家の宿命ばかりとは限らない。合理的なものと、非合理的なものとの内容は、むろん、それぞれの時代によってちがうであろうが、いつの時代にあっても、芸術家の宿命とは、そういうものだ。

孤独な芸術家の宿命に黙々として堪え、宿命感のみなぎり溢れる、すぐれた作品を残し、若くして死んでいった『右大臣実朝』が、昔から、太宰治の理想の人物であったことは想像するに難くないが、遺憾ながら、この作品を書いたときのかれは、もはや昔のかれではなく、幸福な作者は、『吾妻鏡』を読みながら、かつて不幸であったとき思い描いた、過去の天才の宿命について、かすかな記憶をたどるにすぎない。もっとも、この作品など、近代小説の否定という観点にさえ立たなければ、決して悪い作品ではない。合理的なものは、影のように、かれに附纏《つきまと》う。そうして、太宰治は、ペーター・シュレミイルのように、悪魔にかれの影を売って、幸福を購ったわけではなかった。私が拘泥しているのは、かれが、両者の対立を、絶えず意識しているにも拘らず、フォークロアの精神をもって、近代小説を、或いはまた、近代小説の精神をもって、フォークロアを、屢〻、書いたからにすぎなかった。しかし、稀には、日本的なものと西欧的なものとの融合している、見事な作品がないではない。たとえば、『富嶽百景』だ。そこには、ピカソもエルンストもいないかもしれないが、ドガはいる。それはドガの眼でみた北斎である。北斎の眼でみたドガである。

＊『新小説』一九四七年六月号初出、原題「芸術家の宿命について――太宰治論」、『錯乱の論理』（真善美社・一九四七年九月二五日刊行）に収録

テレザ・パンザの手紙

お手紙ありがとうございました。ほんとにこのイスパニアという国は、どこへ行ってみても沙漠のような感じがいたします。いつも空にはピラミッドみたいな雲が浮んでおり、埃りっぽい茶いろのステップが、はてもなくひろがり、みすぼらしい樹木が、ところどころ、まばらにはえている有様は、まったくアフリカやアジアの荒涼とした沙漠の風景を思わせます。しかも雪をいただいた山々が高い塀のように、ぐるりとこの不毛の原野をとりまいており、私たちは、ほとんど、まわりの国々からきりはなされ、まるで魔圏のなかで孤立してくらしているようなものです。昔、私たちの国に住んでいた有名な日本の詩人は、孤独の思いに堪えかね、鳥もかよわぬイスパニア、と嘆きましたが、事実、ピレネの向う側のみのりゆたかな地方から、わざわざ山を越え、瘴癘《しょうれい》の気のただよっている、まずしい、こちら側へ、無理をして飛んでくるような物ずきな鳥は、全然、いないかもしれません。そのせいかどうか、グレコの描くイスパニア風景には、一羽の鳥さえ姿をみせず、うつろな表情をした空が、ひっそりしずまりかえったまま、いつも重々しく大地を押さえつけています。

こんなふうにいうと、なんだか私たちの国は、いかにも暗いところのような気がしてきますが、そうして、実際、そうにちがいないのですが、しかし、その暗さは、光がたりないための暗さではなく、むしろ、光が多すぎるための暗さではないでしょうか。それが沙漠の暗さというものの独自の性格だと思います。したがって、沙漠のなかで私たちのいだく孤独感にもまた、いささか変ったところがあり、どんなにさびしくとも、私たちなら、日本の詩人のように、鳥もかよわぬイスパニア、とは歌いますまい。この詠嘆調は、たしかに異国的です。はげしい太陽の直射を、生れたときからうけているため、いつか私たちの魂は、沙漠の砂のように熱くなり、からからに乾燥していますが、日本の詩人の魂は、おそらく故国の湿気を、たっぷりと吸いこんでいるためでしょう。私たちの国へきても、やはり靄のようなものをはきつづけます。そこのところが、ちがうのです。時々、乾燥した魂を、無感動な魂と考えているひとがあるようですが、大へんな誤解です。私たちの魂は、いつも緊張しており、極度に敏感で、ささやかな日常の出来事からも、深い影響をうけるのですが、ただ、感傷とは縁がないのです。上等のヴァイオリンの胴も、すっかり乾燥しているではありませんか。いや、ヴァイオリンをもちだすまでもない。沙漠の砂ほど、纖細な感受性をそなえているものはないかもしれません。森閑とした沙漠の真昼、砂の波の無限につづく起伏のほかには、人影ひとつみえないのに、突然どこからか、かすかな楽の音のひびいてくることがあります。耳をすますと、折々、歌声や、どっと笑う声さえするようです。まるで沙漠の精霊たちが、すぐ近くで、酒盛でもひらいているとしか思えません。しかし、これは、実は、無数の砂粒のすれあってたてる音にすぎないのです。乾燥した砂は、わずかな風にもするどい反応を示し、一時もじっとしていることはありません。沙漠は、静止しているような印象をあたえるときでも、たえず戦慄しているのです。

お手紙の御返事を書こうと思ってペンをとりあげながら、いきなり沙漠の話などはじめてしまって、ほんとに失礼しました。しかし、これは、私のお答えしようと考えたことと、まんざら無関係でもないのです。あなたのおっしゃるとおり、いまはたしかに転形期です。私たちをつつんでいる空気は、まだよどんではいますが、それでも燃えている焔のようです。私が、私の内にも外にも、沙漠の風景をみるのは、或いはこの異様な空気のためかもしれません。やがて間もなく風が吹きはじめ、そうして、それは、だんだん吹きつのってゆくでしょう。砂は、最初のうちは、例によって、楽器を鳴らしたり、歌ったり、笑ったりするでしょう。しかし、不意に野獣のようなうなり声をあげ、たちまちものすごい勢で、空にむかって濛々と舞いあがるでしょう。無気味なうねりをみせながら、眼にもとまらない速さで、低く地を這ってゆくでしょう。私は、空一面にひろがった砂煙のために光の薄れてしまった太陽が、ぼんやりと、いぶし銀いろにかがやいているところや、たったいま、私たちの仲間のひとりを跡形もなくのみこんでしまった流沙が、こともなげに悠々とながれてゆくところなどを、あざやかに思い描くことができます。あなたは賛成してくださいませんか、これから私たちの生きてゆこうとする風土が、こういう酷薄な風土だということを。

イスラエル族は、賢明にも、陥穽にみちた沙漠の生活を見すて、水にめぐまれたカナーンの地へ移住してしまいました。しかし、私には、どうしてもそんな気持はおこりません。危険の切迫を告げる燃えるような空気が、いよいよ私の沙漠への愛着をつのらせます。沙漠の狂暴は、沙漠の静寂にもまして、私の心をときめかせているのです。それにしても私たちの周囲には、沙漠に住んでいながら、それを沙漠だと気づいていない人びとの、なんと多いことでしょう。イスパニアは沙漠です。私はあくまで、荒れくるう砂塵のなかで生きてゆきます。こういう私の心のうごきは、私が、敵にうしろをみせず、負けるとわかっていても、決して持場を放棄しようとはしなかった、イスパニアの武士の血をうけているためでしょうか。そうではありません。武士の勇敢さなど多寡のしれたものです。それはつねに一定の利害関係によって支配されており、手柄をたてて、封建領主になりたいという願望が、かれを向うみずにしているだけです。カナーンの地でならいざしらず、沙漠のなかでは、絶対に封建領主にはなれますまい。のみならず、沙漠の旋風は、武士の誇りの象徴である帽子の白い前立毛を、一瞬にして吹きちぎってしまうでしょう。要するに、私は、イスパニアの理想主義が、ドン・キホーテによって代表される時代は、すでに終ったと思うのです。率直に申しますが、私は、かれにかわるべき人物として、私の夫を推薦したいと考えます。転形期とは、脇役が主役となり、家来が主人になるような時代ではないでしょうか。

もっとも、私たちの生き方は、ドン・キホーテの生き方にくらべて、すこしも新しいわけではありません。いや、むしろ、反対に、はるかに古いことはたしかです。なぜというのに、かれの場合は封建的ですが、私たちの場合は、いわば、遊牧的ですから。しかし、新しいとか、古いとかいうことは、それ自体としては、問題になりません。沙漠からの逃避を企てない以上、生活様式は、どうしても遊牧的になります。私たちは結婚し、家庭をもち、たしかに夫であり、妻ではありますが、またそれと同時に、沙漠のなかの共同の働き手としても結びついており、したがって、私たちの愛情には、夫婦としてのそれと、同志としてのそれが、絶えずまじり合っているように思われます。はじめて私たちが会ったとき、私の夫は、闘争するものにとって、家庭は桎梏以外のなにものでもないという、ドン・キホーテ流の単純な意見をいだいていた私を、辛辣に批判しました。ドン・キホーテの愚行を残らずみてきたかれは、その動機が、いかに英雄的なものであるにせよ、日常生活と関係なく行われる闘争というものが、単に無益であるばかりではなく、有害でもあるということを身をもって知っていたわけです。桎梏を転じて、バリケードにすることもできる、とかれはいいました。沙漠のなかで苦行をつづけた聖アントワァヌについて話しあったのも、たしかそのときだったような気が致します。

こうして私たちの天幕生活がはじまりました。天幕をはり、天幕をたたみ、私たちは、イスパニア中を歩きまわっています。誤解をさけるために申しそえておきますが、桎梏を転じてバリケードにする、という私たちの主張は、むろん、私たちだけの片隅の幸福を守るために、家をバリケードにする、という意味ではありません。反対に、そういう家中心の考え方こそ、私たちの家庭を桎梏にしてしまうものであり、まず綺麗さっぱり、家というものを捨ててしまわなければ、とうてい、家庭をバリケードに転化することはできない、という意味なのです。壁にとりかこまれた家は、私たちには、たまらなくばかばかしいものに思われます。壁とはなんでしょう。なんというけちくさいエゴイズムの表現でしょう。いつかモーロ人の侵入によって廃墟と化した街をみたことがありますが、至る処に、焼け残った壁ばかりが、阿呆みたいに突っ立っていました。あんなもののなかに隠れて、安全感を味っていた人びとの気がしれません。まして私たちは沙漠のなかに住んでいるのです。嵐がおこれば、あらゆる家という家は、ひとたまりもなく、皆、地ひびきをたてて、倒れてしまうにきまっています。私たちが、鋳掛屋や、馬泥棒たちと同じように、いつも天幕のなかで暮しているゆえんです。幸いイスパニアには、こういう家のない人々が、どっさりいます。

＊『文化展望』一九四七年七月号初出、『錯乱の論理』（前出）に収録

そして破壊と創造の永続運動へ――花田清輝論考

足立正生（映画監督）

私たちの若い時代に、花田清輝は、思想的、運動的な影響を最も深く大きく与えた者の一人だ。自分を「アンマみたいなもの」と称し、もっとも古くは『復興期の精神』では硬派の、軟派風情での『乱世をいかに生きるか』などで文学や美術界の遺制的なもの、ついでに各界の大家を縦横に揉みくちゃ批判して、創造の原点を見失うな！　と新しい世代へ警鐘を鳴らし続けた。新たな映画創造を目指していた私たちにとって、言論思想を最大の武器にした諸運動の渦の中心に座り続けた存在だった。

中でも、『近代の超克』に代表される花田の推論は、閉塞的な時代思潮を突き破り、六〇年代当初に花田―吉本論争で開陳された花田の持論、現実肯定は実感信仰として創造表現に必然的に現れるとする批評軸に据えられた大胆な規定は、自分のオリジナリティと表現そのものを自己検証する導きの糸でもあった。後年、花田と武井による〝運動族の映画評論〟は、その内実を引き継いだものとして、私たちには見逃せなかった。

改めて、花田の論文や論争のどの部分に挑発されたのかと考えてみると、その何処をとってもいいが、むしろ、論争内容と論争の仕方の全てと言える。芸術と思想、表現と批評を巡る論争それ自体というか、私たちは、花田や吉本が真摯に論争し続けていることに挑発されていたと思う。

私たちが花田清輝の発言にのめり込み伴走するようになった始まりは、『近代の超克』に始まり、遡って『アヴァンギャルド芸術』や『映画的思考』を貪るように読んだ頃だ。そこには、言語と社会遺制の関係を明快に喝破し、表現者こそが全てから自由に時代と向き合わなければならないという強力な問題提起が続けられていて、私たちはそれに向かって懸命に応えようとしていたからだ。彼は、ともすれば何にでも噛みつく「ゴロツキ評論家」と揶揄されてもいたが、当時の社会事象や作品群の全般を直接目撃するかのように興味津々で見守った論争する精神の強靭さこそが、再度三度と私たちを挑発してくれていた。

特に、私たちが惹きつけられたのは、彼の批評精神というか、批評する時の彼の立場表明である。批評する自己をも批評対象にしていたと、今、考える。好むと好まざるとにかかわらず、新しい試みの作品や運動の展開を知ると、その脆弱さと表現の曖昧さを優しさにくるんで批判し、しかし、あくまでも新規の試みとしては支持し、硬直したカテゴリー主義をこそ批判していた。

結論として、私たちが花田清輝から多くを学び、引き続き発展させようとしたことは、思想とは批評活動の実践を通してのみ存在価値があること、作家と同じく評論家こそは、思想運動として、時代と向き合って遺制的なものを全て検証し抜くこと、これが時代の中で最も要求されている作業だと主張し抜いた点だ。芸術活動における破壊と創造こそは、その要に位置する作業であって、結果として、時代を反映した芸術造形や作品に対して、思想＝批評がその作品の生命を輝かせるという思想運動の捉え方だ。しかも、花田は、大衆こそは、既に、日常生活の営為を通して、文化や芸術や風俗を楽しみつつ一つ一つ一つ苛烈に批評して生きているということを信念にさえしていた。

一方で、私たちは、シュールリアリズムを運動的に再構築できないかと模索していた時代でもあった。映像分野でいえば、記録映画作家の主体性論や映画としての文化運動論が花田―吉本論争の脇で議論され続けていた。多くの論調は、個別に作家の主体性などを問い合うようなもので、私にはどうでもいい論議だと映った。むしろ、問うべきは、その作家の思想運動をどのように映画作品や映画運動として実践し続けるのかに絞られて行くべきだと考えていた。だから、作家＝運動者でなければならない、という結論的なスローガンに辿り着いた。何もオーバーに「運動だ！　運動だ！」と叫ぶ必要はない。映画を作ることを運動的に展開し、上映もまた運動的に行えばいいだけのことだ、と主張し実行した。

長い間、そのスローガンを実行しながら、時々、やはり花田清輝の思想運動論が刷り込まれた結果ではないのか、と自問させられている。悔やむのではなく、私はそれを誇りに思っている。

＊二〇一四年度福岡市文学館企画展『運動族　花田清輝』展図録に寄せられた寄稿を転載

＊本書は著者が一九三八年から一九六〇年にかけ、雑誌や書籍（自著、全集等）等に発表した論考をまとめ、編み直したものである。作品の収集は田代ゆき（福岡市文学館嘱託員）と田中芳秀（編集者）が担当した。底本は、『花田清輝全集』全15巻／別巻2（一九七七年〜八〇年、講談社）を使用し、若干ふりがなを加えた。各篇の解題（初出および初収録の単行本）はそれぞれの文末に付した。

花田清輝（はなだ・きよてる）

作家・文芸評論家。1909年（明治42）、福岡市に生まれる。旧制福岡中学から鹿児島の第七高等学校に進むも、出席日数不足により退学。1928年（昭和3）九州大学文学部哲学科の聴講生となる。1929年（昭和4）京都大学文学部英文科選科に入学。1931年（昭和6）第8回サンデー毎日大衆文芸賞入選作「七」を同誌に発表、同年11月同学中退。1933年（昭和8）上京、三宅雪嶺や中野正剛らの主宰した『我観』（後に『東大陸』と改名）誌等に寄稿。1939年（昭和14）『東大陸』の編集者となり、中野正剛の弟・中野秀人らと「文化再出発の会」を結成、機関誌『文化組織』を発行。1940年（昭和15）に『東大陸』編集の職を辞し、以後サラリーマン社、木材通信社、軍事工業新聞社などの記者を務める。戦後、東京都北多摩郡狛江村に移り、『復興期の精神』、『錯乱の論理』、『二つの世界』等を刊行し注目を浴びる。1947年（昭和22）岡本潤、加藤周一、中野秀人、中村眞一郎らと「綜合文化協会」を結成、機関誌『綜合文化』を発行。同年、埴谷雄高、野間宏、岡本太郎、関根弘らと「夜の会」結成。1952年（昭和27）には雑誌『新日本文学』の編集長となる（2年後更迭）。1957年（昭和32）、安部公房、佐々木基一、玉井五一、野間宏、長谷川四郎らと「記録芸術の会」結成、機関誌『現代芸術』を創刊。この頃『アヴァンギャルド芸術』『さちゅりこん』『政治的動物について』等の著書を刊行。高見順や埴谷雄高、吉本隆明らとの論争を繰り広げたほか、文学から政治、映画、芸術に至る幅広い分野における批評活動で若い世代の思潮に大きな影響を与えた。戯曲「泥棒論語」で第1回週刊読売新劇賞、『鳥獣戯話』で毎日出版文化賞を受賞。1974年（昭和49）9月23日没。その他の著書として評論集『近代の超克』、小説『小説平家』、戯曲『爆裂弾記』等がある（一部は講談社文芸文庫として復刊）ほか、『花田清輝評論集』（岩波文庫）、『花田清輝著作集』（全7巻、未来社）『花田清輝全集』（全15巻／別巻2、講談社）等の作品集が刊行されている。

花田清輝批評集　骨を斬らせて肉を斬る

2014年11月30日　初版第１刷発行

著　者　花田清輝
発行者　藤村興晴
発行所　忘《ぼう》羊《よう》社《しゃ》
〒810-0074　福岡市中央区大手門1-7-18
電　話 092-406-2036　ＦＡＸ 092-406-2093
印刷　正光印刷株式会社　製本　篠原製本株式会社